AQUARIUS

AQUARIUS

AQUARIUS

AQUARIUS

Catcher

一如《麥田捕手》的主角，
我們站在危險的崖邊，
抓住每一個跑向懸崖的孩子。
Catcher，是對孩子的一生守護。

我的肯定句媽媽

丘引—著

我的肯定句媽媽

目錄

CH3 讓自己過得更好

CH4 用對的方式愛

【前言】嶄新的人生

二〇〇三年七月二十五日，是我四十六歲的生日。那一天，也是我生命的分水嶺。一大早，我帶著兩大皮箱的書和一輛曾經陪我環島二十二天的鐵馬，匆忙的奔向桃園機場。我揮一揮衣袖，離開生我、養我、育我、也愛我的台灣。我同時告別了我熱愛的演講生涯、朋友、鄰居和家人。

在經過國際換日線後，七月二十五日當天下午，我大步跨出亞特蘭大機場。從此，我開始了在異鄉、在異國綿長的學生生涯。

不知怎麼地，我直覺自己將會活到很老很老，根據我對自己生命的預測，我將會活到九十二歲。這不是不可能，根據科學家的研究，在醫學發達的今日，人類的壽命可以活到一百五十歲。而最近日本厚生省公布，日本的男性平均年齡超過七十九歲，日本的女性平均年齡超過八十五歲。另外一份研究，人的壽命長度與居住的國度有關。換句話說，如果是在未開發國家，壽命當然最短，如果是在開發中國家，壽命會直追已開發國家。這就是我推測我會很長壽的原因。

萬一我的壽命超過九十二歲，我要很奢侈（指精神方面）的揮霍我多餘的歲月。對我來說，我不但要活得長久，也要活得精采。所以，我選擇四十六歲生日那天作為結束，也開啟另一階段的人生。那天開始，就是我的出生，也是我的新生。我把自己當成一個嬰兒看待，一切從頭開始。

飛機是我熱愛的交通工具之一。對一個住在海島，曾經背著背包遊走過五十幾個國家的自助旅行作家而言，搭飛機等同是自由飛翔。因此，我選擇我的受孕期是在飛行的西北航空班機上，我的出生則在亞特蘭大機場。

亞特蘭大機場是全世界最忙碌的機場。美國人說，死後要上天堂的人都得在亞特蘭大機場轉機；要下地獄的人則在芝加哥機場轉機。為什麼有這樣的差別呢？也許，如同電影「芝加哥」的開場白，殺人是芝加哥的行業之一吧！

從亞洲到美洲的飛行，我飛越了太平洋並且貼近大西洋。如果太平洋代表的是「風平浪靜」；那麼，大西洋就是「海浪滔滔」。生命豈不也是在風平浪靜和海浪滔滔之間互相交錯？

既然我是新生的嬰兒，我自然需要一個母親來帶領、照顧、教養。我在雲林的農村出生，我的媽媽是非常單純、善良、嚴謹，也是極為保守的人。她的世界只有白與黑，沒有灰色地帶。她對待孩子的態度，以性別為依據。而性別是一道魔咒，不能跨越。她對女兒的教養則以「否定句」出發，也以「否定句」結尾。

幾十年來，因為性別的關係，我的媽媽沒有對我說過一句「肯定句」，包括我的個性外向、活潑、慷慨、愛冒險、愛自由、朋友多、家裡有很多書、栽培女兒一如栽培兒子，讓她三番兩次不滿意我。其實，背後真正的原因只有一個——我是女生。結果我們一見面就吵架，每次都不歡而散。因為媽媽每次看到我，就重複干預我的生活，每次都要斥責我的個性和所作所為。因此，我幾乎什麼事情都要瞞著媽媽做，否則就寸步難行，更甭想旅行全世界。

為了平衡我的過去，現在，我要的是一個「肯定句」的媽媽。我花了很多心思尋找我心目中的「肯定句」媽媽。我要的「肯定句」媽媽其實很簡單：接受我、欣賞我、鼓勵我，有時鞭策一下，尤其在我走偏或疑惑太多，或搖擺不定時，引導我一個方向。很幸運地，在我到達美國三個月後，我終於找到了我的「肯定句」媽媽——安妮塔。

安妮塔媽媽今年八十三歲，很擅長說故事，她是很有赤子之心，非常幽默開朗並深具智慧的美國人。我們一見如故，兩個人不僅非常地投緣，簡直就像是天生的母女一樣。經過我的請求後，安妮塔答應當我的媽媽，也當我的人生導師，她慷慨的分享她的生命經驗，也允諾教養我。

這本書橫跨三代四個女人：我的親生媽媽，安妮塔媽媽，我的女兒和我。我生命的轉捩點就是安妮塔媽媽對我的啟迪，對我的引導。在人生載沈載浮的過程中，我深信，每個人的內心深處都需要一個「肯定句」媽媽，這樣才可以在人生的舞台勇往直前的繼續邁開大步，昂首人間。

CH1
初遇安妮塔

走一條少人走的路

美國的鄉村沒有什麼地標，更沒有台北人習慣的以7-11或一些營業看板的鎂光燈提示。我不想認路，任性的讓自己享受在迷路中過日子，因而從中得到許多樂趣。

二〇〇七年五月的某一天凌晨六點，晨曦未出，夜色仍濃。我啟動車子，載著我的女兒寂琦，和她的行李往機場方向前進。

「我們有三條路可以選擇：一個是我每天開往我學校的方向，鄉村路三公里後就直接上洲際外環公路；一個是我偶爾開車到我學校的本校區，走一條鄉村路銜接另一條鄉村路，再接大馬路；最後一個選擇是走一條完全沒走過的路，在鄉村路直行後左轉一條長長的鄉村路，右轉後上洲際公路朝北。」我的學校有兩個校區，一個是本校區，一個是分校區，我在兩個校區都有課，所以當我這麼解釋時，寂琦立即就能夠明瞭我說的是什麼。

時間過得真快，轉眼間，寂琦大學第一年已經結束。我們母女分別在不同的大學上學。寂琦小學轉學一次，國中分別在秘魯、台灣和美國上學，美國又分別在紐約州和明尼蘇達州上學。從小學到國中，寂琦轉學無數次，因此，當二〇〇三年我們一起到美國時，她要我讓她在同一個學校完成高中學業。因為她要交一些好朋友，而交朋友需要長時間的累積。雖然我非常欣賞兒時常搬家，每到一個新地方就學新地方語言，後來成為會說三十三種方言的語言學家趙元任，但女兒的個性和他不同，所以我許下承諾，「在妳高中畢業前，我們絕不搬家，也絕不轉校。」

寂琦的高中畢業典禮舉行那天，我們也同時在家裡的後院舉行搬家拍賣，把不用的東西便宜賣出，換取搬家空間的輕鬆。那時因為我計畫回台灣五個月，所以我們搬到一個美國的家庭寄宿，這次是我們在美國的第二次搬家。（二〇〇八年七月，女兒轉學到喬治亞大學時我們又搬了一次家，這次搬家因汽油漲到一加侖美金四元多，所以我們決定搬到離我的大學很近的梅岡城。）

二〇〇七年四月，我們剛搬到這個以詩人拜倫為名的小鎮一個月。我們的家是在五百五十英畝的童子軍營地內，那兒有許多自然步道，小鳥每天從早歌唱到夜晚還不停止，還有一個可以游泳和釣魚且相當漂亮的湖。營地內只有兩戶人家，一戶是管理營地二十五年的管理人；另一戶就是我們，而我是這個營地的義工，換得免房租和免水電居住在這美麗又自然的環境裡。不過兩戶人家誰也見不著誰，連房子都看不到，可見得營區有多大。

小鎮非常迷你，只有3,673人；男性有1,390人，佔48.1%，女性有1,497人，佔51.9%；白人居多，76.4%，黑人居次，20.2%。像我們這樣的外國人在這約兩百年歷史的傳統小鎮屬於少數民族，美國人一眼就能認出我們，而且只要見一次面就能記得我們的名字，因為我們是此地的稀有動物。

小鎮如此小，但建築卻美輪美奐，很有歐洲的韻味，還有一個相當親切和具特色的圖書館。大部分的土地都是森林、農地和畜牧用地，馬場和農場觸目可見，馬兒吃草，馬兒奔跑，就像成群的牛散步一樣普遍。從我們居住的土地上的沙判斷，這兒很久之前和台灣一樣，都是從海底浮現出來的土地。

寂琦就讀大學之前，本來想進入我就讀的大學。那時候我們住在約六萬人口的小鎮，一個因為二次世界大戰而設立的空軍基地小鎮，在五十幾年後，人口從五十人快速發展到近六萬人。我沒有同意寂琦的願望，我要她離家一段距離，這樣她住學校宿舍，可以學習更獨立、學習生活，免得受我影響太深，我更不希望自己不經意的以自己的價值觀干預她的成長。對我來說，十八歲的孩子，應該走向完全獨立，包括談戀愛和解決問題。

這次是寂琦第二次回家，上次她回家是復活節，學校關閉校園和宿舍，把所有學生都驅逐出校園，寂琦非得回家不可。而這次是期末考結束，也是第一年的大學生涯尾聲，我在她期末考最後一天時從校園接她回家。我們在這個新家相處了約一星期。現在，她正要返回台灣三個多月，探望正在海軍陸戰隊服義務役的哥哥，同時有一個半月可以和從軍中退伍的哥哥相處。他們兄妹的個性不同，但感情深厚，不只是從來沒有吵架，而且兩人共同擁有很多秘密，不為父母所知。

「媽媽，妳想選哪一條路走？」

「走哪一條路沒有太大差別，但媽媽會比較偏愛走一條沒有走過的路。妳讀過佛斯特的那首詩，在兩條交叉路時，選一條少人走的路，對不對？媽媽也是一樣的心情。」我的車燈亮著的是遠光燈，夜色籠罩大地，遠光燈在黑暗之中讓我看清楚我的方向。大地是那麼的靜謐，靜得只有風吹進我的車窗。這一帶地區是很寧靜平和之地，非常適合想逃離城市的人居住。

「好吧！那就走吧！」我們母女的個性雖然不完全一樣，但默契可能因長期一起結伴旅行而十足。「妳得張大眼睛注意路標，否則在這樣的時刻迷路是沒人可以問路的。」人口稀少是小鎮的特色，我們又住在小鎮的外圍，連白天要問路都難，何況在天未亮時。女兒常和我一起旅行，她知道在旅途中每個人都有自己的工作要做。我向來沒有承擔所有的駕駛責任，如果有人與我同行的話，也一定得分擔一份工作，如閱讀地圖、看路或問路。

來美國唸書後，我開車時常常迷路。美國的鄉村沒有什麼地標，更沒有台北人習慣的以 7-11 或一些營業看板的鎂光燈提示。我不想認路，任性的讓自己享受在迷路中過日子，因而從中得到許多樂趣。（如果你住在一個很鄉村的地方，沒有太多娛樂或活動可以消磨，你也一定會創造出像我一樣的迷路樂趣。）但現在我不能任性，我們的目標只有一個——機場。

想逃

媽媽，謝謝妳。雖然妳從那樣性別歧視的家庭長大，從小受到那麼多的性別迫害，但妳沒有複製妳的父母給妳的教養在我和哥哥身上。妳很勇敢喔！妳跳出來，而且跳得很高很遠，即便妳自己因此被烈火灼傷也在所不惜。

上了I-75往北的洲際公路，我立刻轉到左道，旋接外環洲際公路大道，以避開梅岡城的市區。梅岡城，你聽過沒？就是蔣宋美齡三姊妹從小定居和求學，有兩百年歷史的十萬人口小城。請千萬別問我蔣宋美齡（蔣介石的妻子，曾經是第一夫人）是誰，翻翻歷史，宋家三姊妹，還包括老大宋藹齡（曾經是經濟和財政部長孔祥熙的妻子，中國最有錢的男人）、老二宋慶齡（孫文的妻子，不就是國母？）曾影響中國和台灣半世紀呢！

宋家三姊妹當時就讀的衛斯理大學，依然矗立在小城。在蔣宋美齡以一百零五歲高齡離世時，衛斯理大學的網站還特地介紹三姊妹就讀該校的情形以及她們的歷史。衛斯理大學是女校，培育了許多前衛女性，更栽培了無數富裕男人的妻子，所以該校的諸多建築都是校友的丈夫捐建的。

我們在九號出口，朝著Wal-Mart的方向前進。衛斯理大學也是在這一個出口，距離出口大約只有四公里。

「待會兒我們到Wal-Mart的Super Center停留一下，媽媽得把前幾天購買的電池牙刷換成充電牙刷。那天時間太急迫，我買了用電池的牙刷，這樣對我媽媽不方便，萬一電池用光了，小農村不方便買電池，牙刷對我媽媽就沒有用了。同時，媽媽得買一些備用的牙刷頭，一旦用舊了就可以換新的上去。」寂琦知道她的媽媽不是一個擅長買東西的人，買錯東西是經常的事情，幸而美國是一個慷慨大度的國家，退東西不需要任何理由。不是每個Wal-Mart都是二十四小時營業，只有標示Super Center的店才是全年無休，這樣的商店在某些時刻的確非常便利。

「媽媽，我實在不懂妳為什麼買東西給妳媽媽。每次妳送禮物給妳媽媽都被她罵得狗血淋頭，有時候還被罵到哭著離開妳父母的家，為什麼妳還是要送她禮物呢？換成是我，如果妳這樣對我，門兒都沒有，休想我送妳任何禮物。」

「這種心情的確很複雜。但我可以用最簡單的方式讓妳瞭解，愛自己的父母是自然的，但喜不喜歡父母則不一樣。我買禮物送我媽媽，是愛她、關心她，因為她的牙齒從年輕時就不是保養得很好，毛病很多，因為牙齒帶來的疾病不少。我送她電動牙刷，是希望幫她解除一些牙齒的痛。」

我的解釋沒有消除女兒的疑惑，對於從小生長在沒有責備和體罰的家庭，又沒有受到傳統文化制約的寂琦，也沒吃過什麼苦或共度過貧窮的日子，她對於自己的媽媽和阿嬤之間的情感反應還是距離遙遠的。

在夜色中馳騁，沒有多久，我們就到了Wal-Mart，也迅速的挑選了我所要的充電自動牙刷。

「媽媽，我很遲疑，台灣的海關會不會不讓我帶那瓶蜂蜜入境？因為蜂蜜屬於農產品，會不會受到入境的管制限制？」我的一個同齡的美國朋友自己擁有一個蜜蜂農場，從我認識他開始，他就主動送我一瓶瓶的蜂蜜。他對我的唯一要求是，吃完蜂蜜後得歸還他瓶子，然後他換新瓶蜂蜜給我。這一次冬季，我吃了兩瓶蜂蜜，第二瓶還有五分之一，所以我還沒有還給他瓶子。但才五月初，他卻主動給我一瓶新的蜂蜜，說是春季的蜂蜜，他說：「春季蜂蜜的口感和冬季蜂蜜的口感不同。」我捨不得吃這瓶剛出爐的珍貴春季蜂蜜，因此特地委請女兒帶回台灣給我的媽媽。完全自然、沒有人工造假的蜂蜜應該對我媽媽的身體不錯，這是我自己的想法，而喬治亞有很多花朵，有很多完全天然的蜂蜜是自然的。

「我不認為台灣的海關會這麼做，第一，蜂蜜是密封式的，沒有危害到台灣的自然環境，應該是合法入境；第二，去年我回台灣時，我的一個朋友全家跟著旅行團到韓國旅行一星期，回程時他說，整團的人個個都買了韓國泡菜回台灣，而泡菜是蔬菜，應該在管制範圍之內，海關居然讓他們攜帶泡菜入境，就更沒有理由限制美國的蜂蜜進入台灣。」

「這樣說我就放心了。」女兒的個性比較沒有彈性，是有點一板一眼的人。她不懂為什麼我媽媽這樣罵我，我還是把自己認為好的東西給她。

我很難解釋為什麼，因為連我自己都不懂為什麼。我只知道，如果沒有這樣做，我的內心會很不平安。也許是直接反應吧！更或許是我從小和父母過慣缺乏物質的日子，我知道我的媽媽捨不得花錢在美好的事物上吧！也許是文化根深柢固的在我內心底層發酵吧！

車子繼續在洲際公路上奔馳，而晨曦一點點的展露出來。靠近亞特蘭大範圍時，車輛開始增多，有一點小塞車，但為時不久，這讓我們兩個習慣塞車的台北人覺得非常幸運。

也許是返鄉情怯，也許是一夜無眠，加上空腹喝咖啡，女兒喊著肚子痛。還來不及卸下行李，她先從皮箱取出藥丸吞下。我們提早四個小時到達機場，辦完行李託運手續後，我問女兒她的肚子是否還疼。

「是。」她說。

「那麼，如果妳願意，我們可以向航空公司交涉，讓媽媽陪妳出境到機場的登機坪。」從寂琦十六歲起，我就放她自己購買機票，自己搭長途巴士到機場，送機和接機在我們是不尋常的，平時我更不可能送女兒到登機坪。這次因為我學校也放暑假，我將自己到西北部的行程和寂琦的班機結合安排，母女既能同行，還能省油。石油在最近兩個月漲到一加侖三元美金，天天漲，讓開車變成很大的負擔。汽油在短期內漲了一倍半的價錢，反映出美國是十足資本主義的國度。

寂琦同意，於是，我們回到西北航空的櫃台。

「肚子疼？那麼，她可以飛行到台灣嗎？」西北航空櫃台的人問道。

「應該沒問題，可能是我們太早起，趕路時緊張引起肚子疼吧！」我說。

航空公司的人要了我的駕駛執照辦理手續，很快地，櫃台人員就給我一張如登機證的通關卡，讓我可以陪寂琦出境。

寂琦笑笑的謝謝櫃台人員的慷慨和體恤，三個櫃台人員中的其中兩個見狀，說：「大概是有人要媽媽陪，所以才肚子疼吧！」我們幾個人一聽，同時爆笑開來。

既然我可以陪著通關，我們悠閒的坐在機場的大廳吃早餐、看書，把肚子疼的事情拋諸腦後。而前夜太晚睡，又一大早起床的我禁不住睡意突襲，靠在寂琦的肩膀睡著了。是時，耳畔飄進寂琦講電話的聲音，「阿嬤，我現在正在機場，我的飛機班次是十二點半，明天早上十點以前我就會到達台灣。待會兒媽媽離開機場後，就直奔妳的家，媽媽要給妳一些驚喜。喔！媽媽現在正靠著我的肩膀睡著了。」

嘿，我打賭寂琦用手機打電話給我的肯定句媽媽——安妮塔阿嬤。寂琦和我一樣愛她，很自然的愛。寂琦曾經幾次對我說，她和安妮塔阿嬤在一起時都非常快樂和自在，那種感覺和跟台灣的阿嬤在一起不同。

「妳的媽媽當我是外孫，如果只有哥哥和我拜訪她，妳的媽媽就對我們很好。但是，如果舅舅的孩子們也同時造訪，那麼，阿嬤就對舅舅的孩子比較好。」

昨夜，寂琦在打理行李時還對我說，我妹妹的女兒柔柔告訴她，二〇〇六年在我爸爸的葬禮上，她和表妹兩人的名字被排在最後。「連小舅舅的女兒，才四歲的揚揚都比哥哥排在前面，這讓人很氣憤。」我的兒子世昕在我的家族裡是年紀最大的孫子，但因世昕出自於我，在傳統上被歸類為外孫。在葬禮時「裡外有別」，因此，外孫都被排在內孫之後，無分年紀大小。而內孫和外孫之間，孫子又排在孫女之前。這就是為什麼寂琦和她的表妹柔柔兩人的年紀比兩個表弟還大，但她們卻是殿後的。這樣的順序安排，先內男內女，才外男外女，雖是傳統所致，但沒有隨時代變遷而更迭，也難怪寂琦憤慨。

「真是的，原來連揚揚的地位都比我們高。」我來自於極度重男輕女的農村家庭，而矢志在自己的家庭實行非常徹底的兩性平衡。寂琦習慣了在沒有性別歧視的家庭長大，小妹大概是基於宗教信仰，她的教養觀也傾向同等態度，讓這兩個表姊妹每次見到家族的性別歧視就聯手抨擊。

「媽媽，謝謝妳。雖然妳從那樣性別歧視的家庭長大，從小受到那麼多的性別迫害，但妳沒有複製妳的父母給妳的教養在我和哥哥身上。妳很勇敢喔！妳跳出來，而且跳得很高很遠，即便妳自己因此被烈火灼傷也在所不惜。」

「妳知道為什麼嗎？不好、不舒服的傳統文化，要在我這一代就斷絕，我不要一代傳一代。不必有後患啊！但有些傳統文化還是很棒的，不能一概而論說傳統都很差，或統統都好。」

「媽媽，那就是妳離開台灣，到美國來唸書的其中一個重要原因，對不對？」

「也許吧！不能說百分之百正確，但遠離我父母的控制，是我遠走他鄉的理由之一。」

歧視，因妳是女兒

我的爸爸媽媽每次到台北來探望兒子，卻絕不探望女兒。他們可以在兒子家住一個月，但不會到女兒的家停留十分鐘，連踏入女兒的家門都不肯。

大約八年前吧！有一天中午，我突然想南下探望父母，就開車前往。小我兩歲的妹妹知道我在父母家，打電話來說：「媽媽明天要去台大醫院看醫生，妳就載她去吧，妳家離台大醫院只有幾分鐘車程，這對媽媽的身體負荷比較小。」

我覺得妹妹說得很有理，就向父母提出這個建議。沒想到媽媽當場否決，她的第一個理由是，我的狗和我一起南下，她不願意有狗同行。

我家養狗，是寂琦因緣際會在她上小學時帶回的。那天她放學時在校門口外看歌仔戲，遇到一個爺爺帶著他剛買不久的小狗，說才出生幾個月。寂琦和那狗愛得難分難捨，那個陌生的爺爺雖然也愛狗，還天天帶著狗到處看野台歌仔戲，但看到寂琦這麼愛狗，硬是主動把狗送給了她。我極力反對寂琦養狗，因為我們住的是公寓，我覺得在公寓養狗很不狗道，但寂琦愛不釋手，最後我只得妥協。

從此，我天天帶我的狗開心果散步。我們沒有以寵物方式對待，而將牠視為家人。我的父母雖然沒有到我家作客，但不容許我們家有狗，每次看到我們帶狗就罵我們，「幹嘛養狗，浪費！」要不然就是「沒事，多此一舉！」就算沒有狗同行，父母看到我們也因我們家有狗而對我們訓話。

「媽媽，妳放心，我的狗不會侵犯妳，更不會咬妳。」我說。

我用盡各種方法解除媽媽對狗的排斥，但媽媽的第二個理由緊接著出爐。

「如果妳要載我，可以。但妳得載我去妳哥哥家。」言下之意是，媽媽不到我的家去，她要去哥哥位於三峽和桃園之間二鬮的家。媽媽拐彎抹角的說我家的狗，但真正原因還是露出來了。

「媽媽，如果我載妳到哥哥家，那明天嫂嫂得帶妳長途跋涉搭公車到台北，這樣路途遙遠，會讓妳很不舒服，嫂嫂也因此忙碌。妳不是因為身體不舒服，才要去台大醫院就醫嗎？

「而我家到台大醫院，搭捷運只有兩站，搭公車也才三站，搭計程車只要起表價格，走路也才十幾分鐘，這對妳是最有利的選擇。何況，我還可以帶妳到醫院去，不會讓妳一個人獨自前往。」即便我這麼解釋，媽媽還是拒絕了。

媽媽拒絕的真正理由只有一個——我是女兒，不是兒子。女兒的家不是她的家；兒子的家，才是她的家。

我的媽媽寧可忍受交通的長途顛簸不適，也不願讓自己好過，但她每次搭車就暈車、嘔吐。而她要從二圍搭公車到台北，路程那麼遠，肯定一路不舒服，甚至還得服用暈車藥，這何苦來哉？媽媽受傳統的束縛太深，還自我虐待到如此程度，實在不可理喻。

當然，那天我自己開車北上。媽媽並沒有如期上台大醫院。

兩天後，我接到弟弟的電話，他說：「爸爸要帶媽媽北上到台大就醫，他們要搭火車到台北車站，要我下班就到車站接他們。」

那時弟弟才剛新婚不久，弟媳不會做菜，何況弟弟和弟媳兩人都在銀行工作，下班時間不但很遲，也疲憊不堪。因此我問弟弟，「今天我剛好沒有安排演講，也沒有安排任何活動，我可以上市場買菜。做好晚餐，你和弟媳從火車站接了爸爸媽媽就直接到我家來吃晚餐。用餐後，你們可以帶他們到你們家去過夜。」弟弟聽到我的提議，認為我解除了他的困境，非常欣喜的接受。

我家離台北火車站很近，才幾分鐘車程，若弟弟帶父母到我家用餐，然後回到他們位於景美的家，都是順路。我們姊弟也有志一同，如果弟弟和弟媳帶爸爸媽媽到餐廳用餐，他們夫妻可能將被一生節儉的父母罵得很慘，爸爸媽媽可能也因而排擠弟媳的不會下廚。

然而，狂風巨浪即時向我襲擊。弟弟三分鐘後給我電話，說當他打電話給父母，說明當天的安排時，我的父母立刻拒絕了到我家用餐的安排。

「爸爸媽媽說不到妳家。」

掛下電話，我覺得很受傷，一個人在家哭了很久。我的父母排斥女兒，這件事我們雖然都很清楚，但長期累積的不滿，加上這次的創傷更是難以平復。我的爸爸媽媽每次到台北來探望兒子，卻絕不探望女兒。他們可以在兒子家住一個月，但不會到女兒的家停留十分鐘，連踏入女兒的家門都不肯。而始作俑者是媽媽。

在我成長的過程，爸爸雖然重視哥哥多於我，但我的個性比哥哥更大方和外向，我童年時和爸爸反而是一起養鴨的夥伴。在我十六歲離家北上半工半讀時，媽媽逼著我穿洋裝，我不肯，爸爸為我說話。他說：「她不穿有什麼關係！」在我力爭要繼續升學時，媽媽反對到底，但爸爸則讓我找方法解決。媽媽反對的理由無非說我是女性，女性會煮飯、打掃家庭、伺候公婆和丈夫就已足夠，哪需讀書？在我家，真正歧視女兒的不是爸爸，而是媽媽。這點讓同是女性的我覺得，要不是媽媽很笨，就是很可惡。但天下究竟有多少的媽媽和我媽媽一個樣呢？

瞭解是一回事，接受又是另一回事。長期忍受不平等，我的情緒在此刻完全崩潰，一發不可收拾。在工作上，我雖然沒有受到這個事件的任何影響，我還是一個樂觀且自信的人，但我一想到自己的父母這麼對待女兒，就常常不經意的哭，也時常悲從中來。夜晚我不再一覺到天亮，反而常常失眠。那樣的情緒化和失眠，影響我身體的免疫系統，讓我的健康急轉直下。我開始驚慌自己的將來，是否就這樣沒有底的往下探？

遠走他鄉

我以為遠走他鄉後，會讓我的情緒平靜下來，畢竟遠離了熟悉的環境，我得面對新的環境和新的壓力，我將忙得無法透氣，這樣就不會讓父母的偏見和偏心情緒繼續吞噬我。

從那次起，我沒有再探望父母。直到我來美國唸書，我連一通電話都沒打給他們。逢年過節，我會給女兒國際電話卡，讓她打電話問候祖父母，但我絕不親自打電話給他們。我用距離來保護自己不受傷，非常積極的安排自己到美國唸書，也想辦法找錢支應自己在美國的學費和生活費。

我以為遠走他鄉後，會讓我的情緒平靜下來，畢竟遠離了熟悉的環境，我得面對新的環境和新的壓力，我將忙得無法透氣，這樣就不會讓父母的偏見和偏心情緒繼續吞噬我。

來美國的第一年，我把學習的重點放在語言和文化上。課餘，我參加了很多美國人的家庭派對，學習進退禮儀，探觸西方文化，也認識新朋友。同時，我對弱勢族群的興趣濃厚，我從圖書館大量的借閱有關黑人的書，看看曾經為奴，被壓迫的黑人的歷史和文化，也到處參加美國印地安人的慶典，和閱讀有關女人歷史的書。我對弱勢族群的關注，可能和自己在家族中是女性身分有關。因為，相對於男性，女性在台灣的農村家庭是絕對弱勢。

就因常參加印地安人的文化活動，在一次印地安人的慶典，我認識了亞倫和貝蒂。我們因排隊買野牛漢堡而結緣。野牛漢堡的價錢很貴，一個要價七元美金。野牛吃草，不像乳牛或肉牛吃玉米，所以肉質相當不同，價錢也相對貴了很多。女兒和我買野牛漢堡出於好奇心，因為沒吃過。亞倫買野牛漢堡則是他自己擁有一個野牛農場。理由不同，但我們相談甚歡，離去前彼此留下了電子信箱作為聯絡。

第一次我們到亞倫和貝蒂家作客，小住幾天。亞倫請我喝他自釀的野葡萄酒，我問他，「從哪兒學來釀酒技術？」

「向我媽媽學習的。我媽媽的個性很有活力，點子很多，親和力很強，她是很聰明、還是一個好奇心很強烈的人。我媽媽很天才，會做很多不同的果醬和食品，釀酒只是其中之一。我打賭，妳一定會很喜歡我媽媽。」亞倫說。

「她住哪兒？」聽亞倫這麼說，我對他的媽媽感到興趣濃厚。

「離我家約十六公里。」

相見恨晚

安妮塔大我三十多歲，可是她完全的接受我，沒有絲毫的折扣，也沒有任何苛刻的要求。這種被接納的感覺是打從內心底層的真實喜悅，讓我的心很平安，舒緩我長期從原生家庭帶來的壓力。

看著女兒進入機艙，不等飛機起飛，我就離開亞特蘭大機場。我們住的地方屬於中喬治亞，亞特蘭大是位於北喬治亞。安妮塔的家則在喬治亞的最西北，靠近阿拉巴馬州的一個小鎮。我的行程是亞特蘭大機場——亞洲市場——安妮塔的家，所以我一路往北走。

朝著85號洲際公路往北前進，我經過了車流量相當大的亞特蘭大市區。接著，我走了很長的必活高速公路。這條路是非常有名的亞洲市場公路，大部分的亞特蘭大亞洲市場、銀行、餐館、眼鏡行、中文書店，甚至唐人街也集中在必活高速公路沿線。

我在台灣人開的大華超市買了生薑、蒜頭，還有一些水果後，又到附近的韓國超市買了番石榴、手工豆腐、可口賓賓米果、乒乓較較餅、檸檬和三條不同種類的魚。這些食物不是滿足我自己的口腹之欲，而是要給安妮塔驚喜的。

像我這種跑遍世界的旅行者，口味早就世界化，並不需要仰賴台灣的食物來克服思鄉病，更不會買一個不大、約為台幣七十元的番石榴。但上次我拜訪安妮塔時，談到了台灣的食物，她說她想認識台灣，因此我買了這些食物，就是想讓她進入我的世界。

離開韓國超市，我上了285洲際公路往西。這條路是亞特蘭大的圓環大道，也就是連接亞特蘭大各條街道的大圓環公路。然後我旋接75號洲際公路往北，再轉喬治亞41號公路往北。這是我到安妮塔家最喜歡走的一條路，途經很多特色不同的小鎮，這樣開車時，眼睛可以飽覽一番，旅途的心情更加愉快。

安妮塔是我見過最可愛的不老人。她有一點像黃俊雄布袋戲「雲州大儒俠」

裡的怪老子，是非常特殊的人。但直到第二次我又到亞倫與貝蒂家度假一星期時，才與她相見。安妮塔開一部流線型的白色轎車來，看起來很拉風，當她從駕駛座走出，乍看之下，她的外表有點芭芭拉布希那種阿嬤的味道，很具親和力。她還有巨星出場的感覺。才下車不到一分鐘，她便吸住了所有的目光，爽朗的笑聲立刻把安靜的農場翻了兩翻。

亞倫說安妮塔是不拘小節，有話直說，很好相處的人。果然才見面，她就對我發出一大串的驚嘆號。安妮塔有如好奇的小孩，和我天南地北的聊天，我們之間根本就沒有年齡的距離。安妮塔大我三十多歲，可是她完全的接受我，沒有絲毫的折扣，也沒有任何苛刻的要求。這種被接納的感覺是打從內心底層的真實喜悅，讓我的心很平安，舒緩我長期從原生家庭帶來的壓力，讓我僵硬的肩膀逐漸滑落，壓力一點一點的鬆懈。我非常驚訝安妮塔怎有如此不尋常的力道。

我的直覺向來敏銳，突然，我有找到媽媽的感覺，而安妮塔是我失散已久的媽媽。我們彼此都有相見恨晚的感覺。那樣的感覺真是奇妙，很難用文字完全的表達出來。

在數次拜訪和常常聯繫後，我們覺得彼此的默契和關係勝過親生母女。有一次我主動提起，安妮塔是否可以當我的媽媽？安妮塔說：「不論妳的親生媽媽如何，都沒有人能取代妳的媽媽。我很樂意當妳的Honor Mother。」用中文直譯，應該是台灣的乾媽。

六十年，沒鎖門

我從來不鎖門。我家沒有鑰匙，誰要進來，隨時都可以進來。妳只要打開門就可以進來。

二、三十年來，我一直沒有鎖門的習慣。外出時，把門一拉，關上了事，夜間睡覺也只是關門而已。知情的朋友都認為我太過大膽，但這麼長久的時間，我只有碰過一次小偷在半夜登門。很巧的是，我是早起的鳥兒，那時我已經起床正埋頭寫《土耳其、希臘精緻深度旅》那本書，因此小偷在開門時，看到燈光下的我，立即悄悄的掩門離去。當我有意識，追到樓下時，正好目送偷兒騎摩托車火速離開。

來美國後，我的住家周圍都是綠意盎然的樹，芬多精就在我左右。我更放肆，天天把大門敞開，若朋友來訪，可以直驅室內，不需預約，不需按鈴。搬到童子軍營地後，我變本加厲，連晚上睡覺都把門開著。

原以為像我這樣的人，是很非比尋常的。但直到遇到安妮塔，我像找到知音。

安妮塔在擁抱我後，知道我是愛旅行的人，便慷慨的說：「妳隨時都可以來我家旅行。」

安妮塔說出這句話時，讓我非常的震驚。美國人視隱私如命，通常只接待親戚在家過夜，對於外人，大致上只是表面上的禮貌而已。

「萬一我不在家，妳就自己開門進來。」這是安妮塔對我說的第二句話。聽她這麼一說，我就打趣的說：「嘿！妳是不是把鑰匙放在花盆裡？」

這時候，三人同時爆笑，震動著亞倫與貝蒂家的屋頂。

「我從來不鎖門。我家沒有鑰匙，誰要進來，隨時都可以進來。妳只要打開門就可以進來。」天啊！我在台北的第一個家是公寓，第二個家是大廈，我不鎖門已經讓朋友忐忑不安，而安妮塔的家就在大馬路旁，車輛還日夜穿梭不停呢！

「我這輩子唯一的鑰匙是汽車鑰匙，開車非用鑰匙不可。沒有鑰匙，就算我踏足油門，汽車引擎還是不會動。」安妮塔見我驚訝的臉，很認真的解釋。

「結婚後不久，我和丈夫瑞就搬到現在的住家。我在這個家已經住了六十年，兩個孩子都在這個房子出生、長大。六十年來，我沒有鎖過門，也沒發生過什麼事。這麼長久的時間，只有兩個陌生人進來，一個是過路人，說太累了，就自動進來休息。另一個人也是在我不在家時進來，當我回家時，看到他在房子裡鬼鬼祟祟的舉動，我給他喝杯咖啡，然後告訴他，夠了，他可以走了。」安妮塔在說發生在她自己身上的這件事時，就像在說昨天下雨，雨過天又晴。

「從小至今，我沒有怕過任何人，也沒有怕過任何事。我從來不知道什麼是害怕。我就是信任人，也從不提防人。不論對方是熟悉的人，抑或陌生人，對我來說沒有差別。」安妮塔強調。

「對我來說，陌生人只是尚未見面的朋友。」這是安妮塔的生存哲學。

無師自通上網

像我這種一分鐘可以打八十字的人算是很快了，但之後我真正見識到安妮塔打字的功夫，有如手指頭在鍵盤上跳恰恰。

「我不是喜歡打電話的人，我該怎麼和妳聯絡？」既然安妮塔邀請我隨時可以到她家旅行，像我這樣愛旅行，討厭住旅館，卻喜歡住在當地人家的人，這無異是天上飄下來的福音。

「妳可以寫信，或是寫卡片。」她說。

「美國的郵票好貴，寫信可以，但還要貼郵票，還得跑郵局，我不是很勤勞做這樣事情的人。」我毫不掩飾自己的懶惰，以往如果得寫信、貼郵票，我常拖延到過期，這實在是很要不得的壞習慣，幸而我不是生在舊時代的人。

「讓我想一想，啊！有了，妳可以寫電子信（e-mail）給我。」安妮塔拍拍胸脯，好像她已經找到最好的媒介了。

「太棒了。我喜歡上網，我喜歡寫e-mail，這比打電話或寄信都便利多了，而且速度又快又免費。

「嘿！妳真的用e-mail啊？」問這個問題，顯示我有點明知故問，像安妮塔這樣不傳統的老人，怎能用刻板的想法想她呢！

「當然囉！我是無師自通學會上網的哩！」安妮塔很得意的說。

「妳太了不起了。台灣的社區大學或政府機構開了不少電腦班教人上網，妳卻不必學就會。」

「有一天，亞倫送我一台電腦，安裝好電腦，他又幫我申請了ＩＳＰ。我就上網東看西瞧，試著看看網路可以做什麼。上面說申請帳號，就可以寫信給人家。所以，我就上網到『美國線上』（AOL）申請一個免費的帳號。從此，我就常用電子信和朋友聯絡。」安妮塔一口氣的說。

「不只這樣，我打字的速度很快，劈里啪啦，一下子就可以寫很長的信。電腦一點都不可怕，摸一摸就會了。」像我這種一分鐘可以打八十字的人算是很快了，但之後我真正見識到安妮塔打字的功夫，有如手指頭在鍵盤上跳恰恰。

後來，和安妮塔聊天更多後發現，她常上網蒐集資訊，包括整理她自己娘家的族譜，也整理丈夫家族的族譜，還自己編成冊。有一次她就拿出厚厚的一本冊子給我看，從她的家族最初移民來美國的第一代開始，連老祖宗做什麼職業，住在哪兒都一清二楚。這是我第一次看到老年人整理族譜。我深信，這是調劑老人生活很好的方式，老人不但不怕生病，還可以用腦思考。更難能可貴的是，整理族譜好像都是男性做的事，安妮塔卻沒有受到這些概念的制約。

「反正，我要來拜訪妳之前，一定會先給妳寫e-mail。」電子信是我最常用，也最熱愛的聯繫工具。

「行！但我還是要告訴妳，妳隨時都可以來；我有一個冰箱，一個冷凍庫，還有一個儲藏櫃，存了滿滿的食物。我不在家時，妳自己開門進來，自己煮咖啡或綠茶；肚子餓了，自己下廚。烤箱、微波爐或瓦斯爐都可自由使用。妳只要不把房子燒掉都行。」

從那個時候開始，只要學校一放假，我就常往安妮塔家跑。安妮塔住在喬治亞的西北部，我住在喬治亞的中部，喬治亞的面積比台灣大，人口卻只有八百多萬，從我家開車跑洲際高速公路到安妮塔的家，單程得花四個小時。這個心理路程對我來說，很近，如同走路到鄰居家那般自然。安妮塔的家，日後不折不扣變成我在美國旅行的最佳地點。因為，安妮塔的家沒有鎖門。而安妮塔和我兩人之間，日復一日，我們不只是媽媽與女兒的關係，我們還成為莫逆之交。

如果妳知道有一個家，從來不鎖門，妳可以隨時走進去，妳是完全被接受，那麼，妳的心底是踏實的。

從此，安妮塔的家，變成我在美國最喜歡跑的地方。我的學校一放長假，很自然的，我就往安妮塔的家奔去。最近一次去，是我的學校放春假，我和安妮塔相處了一個星期。不到兩個月，我的學校放暑假，我又往那兒跑了。

有話直說

「妳最討厭的事情是什麼？」安妮塔真是好奇，才第一次見面，就似乎要把我整個人從裡到外看透透。

第一次見面，安妮塔就問我，我最喜歡做的事情。

「旅行和閱讀。」她一聽，眼睛都發亮了。

「我可以隨時啟程，隨時換新的地方，就算口袋沒錢，我也能到達我的目的地。我天生愛流浪，也好喜歡認識陌生人。我喜歡所有可能發生的奇怪事情。很多人旅行時最怕的，都是我的最愛。我的身體裡好像從出生就愛漂泊、愛冒險，而且沒有人能阻止我的冒險。我也愛閱讀，從小就愛。書對我有很大的魅力。看到書，我的腳就不會動了，所以，我總是帶著書去旅行。」我說。

「我也喜歡旅行和閱讀。不過我打賭，如果我媽媽還活著，她一定很喜歡妳。如果妳打電話邀她一起旅行，她會說：『給我兩分鐘，讓我把我的身體洗乾淨，拎一些衣服就可以出門。』」安妮塔說到媽媽，臉上洋溢著小女孩幸福的神采。

「我的媽媽是很風趣，活力很強，個性很獨立，很瘋狂的人。她活著的時候，都是動態的，直到她八十二歲得腦癌進入墳墓為止才變成靜態。認識她的人，沒有不喜歡她的，只有我婆婆例外，我婆婆堅決的認為我媽媽的女兒偷走了她唯一的孩子。我的媽媽也愛閱讀，是她培養我終生愛閱讀的興趣和習慣。」

我掐指一算，安妮塔的媽媽是在一九〇〇年出生的人，等於是我的祖父母輩時代的人，說不定那時候的中國女人還有裹小腳，寸步難行的。我很好奇，像安妮塔的媽媽這樣的女人，在她的美國年代是否每一步都困難重重？

疑問句一出，安妮塔猛搖頭。「不會呀！我媽媽是一所高中的校長，很好玩喔！只有一間教室的高中。究竟她自己本身受多少教育，我不是很清楚。不過，我媽媽的家族個性都和她一樣。所以，她應該沒有碰到太大的困境，但我所知道的是，她是無所不能的人。」

真是幸福的人啊！安妮塔和自己的媽媽生對家庭，是幸福；她們還生對國家，是雙重幸福。我深信，雙重幸福會創造出多重幸福來。

「妳最討厭的事情是什麼？」安妮塔真是好奇，才第一次見面，就似乎要把我整個人從裡到外看透透。

「我最討厭人家限制我的行動、要我留在一個地方很久很久。這個世界那麼大，我總是迫不及待的想到處看看。對我來說，不自由，毋寧死啊！」我才說完這句話，安妮塔就笑翻了說：「難怪妳會到美國來。」

「妳最大的成就是什麼？」她繼續問。

這時空氣沈悶下來，我思考了約莫十分鐘左右。

「用旅行和閱讀的方式帶我的兩個孩子長大。我很享受和孩子在陌生地方的各種奇遇。旅行時，媽媽和孩子之間的關係是既親密又獨立。我很愛孩子，如果有人要傷害我的孩子，我一定奮不顧身的和對方搏鬥，甚至槍斃對方。」因為安妮塔是有話直說的人，我也就毫無顧忌的有話直說，當然惹來眾人的哄堂大笑。

安妮塔對我的這些問話，是開啟了我們母女關係的一把鑰匙。

只要妳願意，妳就會

看我不解的眼神，她點了我的心穴，說：「只要妳願意，妳就會。」安妮塔的生命中，有許多事情都是無師自通的，例如她做甜點、烤蛋糕、烘焙麵包、釀酒、做罐頭食物……太多太多了。

「妳開車多久了？台灣像妳這樣年紀的女人，大概沒有幾個會自己開車行動的。台灣的同齡男人若還在開車大概也是稀有動物。」我撫摸著安妮塔那輛白色如跑車的流線型轎車，心底冒出「嗯！如果我八十歲，我也要繼續開車。」

「我已經開車幾十年了，從二十幾歲開始開車。我是無師自通學開車的人哩！」安妮塔得意洋洋的告訴我。

「怎麼可能有人會無師自通開車？許多我這個時代的台灣女人上了駕訓班學

習開車，也考上駕照，就是不敢上路。妳怎麼無師自通的？」我的妹妹拿駕照很久了，就是擺著沒用。小妹很想上路，卻害怕車水馬龍的街道太危險。很弔詭的是，我的妹妹騎機車在台北市橫衝直撞，卻一點也不害怕。而機車應該是比汽車更危險的交通工具才對。

「瑞雖然長得人高馬大，身高一百九十公分左右，但瑞的健康從年輕開始似乎就不怎麼樣，他是醫院的常客。有一次，瑞生病到醫院急診。在忙亂一陣後，夜色已濃，我安排妥當丈夫的病房後，說：『你在醫院有護士照顧，萬一不舒服，只要按鈴，護士就會立刻來服務。但兩個孩子還小，我得回家照顧他們。』

「瑞一聽就說：『妳怎麼回家？這兒沒有公車，妳又不會開車。』

「瑞，我雖然沒有開過車，也沒有學習開車，但不等於我就不會開車啊！我可以自己開我們的車回家。

「怎麼可能？不可能的，別說了。會開車的人都不一定能夠在晚上開車，何況妳不會開車，這太危險了，我不可能答應妳這麼瘋狂的想法。」瑞一口否決了妻子的要求。

「瑞，你要相信我能開車，你要相信我，我有把握可以自己開車回家。」瑞雖然不同意，但他知道安妮塔的個性，她要做什麼事，沒人能阻擋得了。

於是，安妮塔拿了汽車鑰匙就把車子從醫院的停車場開出。不過，在發動引擎之前，她花了一些時間摸索車子的各種作用，例如鑰匙怎麼插進去？怎麼啟動？車燈怎麼開？左轉、右轉如何轉？

當安妮塔把車開到家時，她立刻打電話到醫院要知會丈夫，但護士拒絕轉電話到瑞的病房，說急診室病房不得接電話。

「這是相當重要的事情，妳非得轉電話不可。」安妮塔堅決的說。

「為什麼？」

「為什麼？因為我沒有開過車，剛剛我自己從醫院開車回家，我的丈夫很擔心我的安全，現在我已經平安到家，我必須讓他知道，好讓他安心，這對病情也有幫助。」本身是護士的安妮塔很懂護士的心理，她不疾不緩的說。

護士同意了，說雖然急診室不能接外線電話，但她願意立即到瑞的病房傳話。

第二天，安妮塔吩咐一個在亞特蘭大工作的姪兒，「嘿！你明天上亞特蘭大工作時，順道幫我買張駕照吧！」從此，她取得正式的駕照，也開車五十多年了。她向我解釋，五十年前的喬治亞州尚未實行路考，換句話說，只要你到監理所買一張駕照，你就可以開始開車上路。

安妮塔一口氣說到這兒，看我不解的眼神，她點了我的心穴，說：「只要妳願意，妳就會。」安妮塔的生命中，有許多事情都是無師自通的，例如她做甜點、烤蛋糕、烘焙麵包、釀酒、做罐頭食物……太多太多了。

「妳一定要發展自己無師自通的自學能力。」安妮塔望著我說。

有一天我突然想到，我小學學會騎腳踏車，就是無師自通的。我只是在腳踏車後座綁上一根扁擔，右手撐著椅座，左手抓著手把，然後將右腳穿越腳踏車，這樣學著騎車。過一段時間，我克服了對腳踏車的恐懼，也發展出能駕馭自如的平衡感，就跨上坐墊，大約一個暑假就學會騎車了，從此腳踏車就跟著我到處跑。像我這樣自己學會騎腳踏車的鄉下小孩比比皆是。只是長大後，自學的能力似乎退化了，也許是我忽略了自我學習的能力吧！

或許吧，沒生過孩子的人比比皆是，但女人還是一個個的生孩子。不過，我倒是牢牢記得安妮塔說的，「只要妳願意，妳就會。」後來沒多久，我第一次無師自通做餛飩。那餛飩吃起來不但口感不錯，外表也像台灣的商店賣的一樣。我想，我的生命從此要無師自通學會更多事情。

「妳沒有學過開車，怎麼敢開車呢？」我問安妮塔。

「雖然我沒有學過開車，但每次瑞開車時，我都觀察他的一舉一動，看多了就會啊！很多事情不一定要自己做過才會，觀察力會幫助我們無師自通學會很多事情。觀察力是我們一生中最好的老師之一。」

好吧！安妮塔不只從此就會開車，她開車還猛得很，她開車的速度比我還快，我們兩人夜晚在山間小路開車，從亞倫的家開回安妮塔的家，她一路飆車，才短短的幾分鐘車程，坐在後座的寂琦居然暈車了。八十多歲的人開車，還讓年輕人暈車，很不平凡吧！

有一天，也許她會當演員，上台演戲喔！因為安妮塔有無師自通的能力。

有女若母

我疑惑極了，如果像安妮塔和她的媽媽這樣相似個性的人都不能住一起，我和媽媽南轅北轍的個性不是更難兜在一起嗎？

看到安妮塔開車，「有其女必有其母」的格言即時閃入我的腦袋。

「妳的媽媽還活著嗎？我可以認識她嗎？」我打趣的問。

「我的媽媽在一九八二年時因腦癌走了。妳要認識她嗎？」

「行啊！我們如果有一個時光倒轉機，就可以見她了。」

「才不需要那麼麻煩。看！這就是我媽媽。」安妮塔給我看一本本的相片簿。

「我媽媽走時，才八十三歲。我的爸爸在一九六九年過世。從此，我的媽媽獨居到得腦癌為止。

「我的爸爸過世那天，我問我的媽媽，今夜妳需要我陪妳睡覺嗎？

「『不！我知道我從今開始要一個人過活，要一個人居住，那就從今天開始自己一個人睡覺。』看，我媽媽的個性非常的獨立吧！我的獨立個性和能力就如同我的媽媽。

「她得腦癌後，就無法一個人居住。我媽媽的家就是我童年的家，離我現在的家開車大約十分鐘，她住東城，我住西城。我的三個哥哥弟弟都在維吉尼亞州工作，我就接我的媽媽來我家與我一起住。我的媽媽因此非常不快樂，她愛女兒，但她還是喜歡住在自己的家。

「有時候我要她聽從醫生的吩咐做什麼，她不肯。我就說，好吧！那妳就繼續痛吧！

「結果呢！媽媽就照著做，但嘴巴還是倔強的說：『但我還是不願意。』」

「既然妳們母女的個性如此相似，怎麼妳的媽媽會不喜歡和妳一起住？」我疑惑極了，如果像安妮塔和她的媽媽這樣相似個性的人都不能住一起，我和媽媽南轅北轍的個性不是更難兜在一起嗎？

「我們在很多方面還是不一樣的。天下沒有兩個人的個性是絕對一樣的。尤其是個性獨立的人，更適合一個人獨居，因為擁有完全的自由。像我現在，愛睡覺就睡覺，愛吃飯就吃飯。我想外出就開車出去，想留在家就留在家。我愛看電視到很晚也沒問題。但是，如果有人和我一起住，可能就會要我早睡早起身體好，不餓也得吃。我的媽媽已經享受了一個人獨居十多年了，突然因為腦癌需要女兒照顧，這讓她很不舒服。」聽安妮塔這樣描述，顯然地，將來我老了，一個人居住是最佳的選擇。

「我媽媽一生沒有到過超市買東西，她總是開一張購物單讓我爸爸去買。有時候我爸爸沒買回一些清單上的東西，他會對媽媽說：『這些東西暫時還不需要用，所以沒買。』我媽媽就會說：『說不定明天會煮這些東西啊！』

「爸爸過世後，我開車帶媽媽到超市買東西。逛了整個超市後，媽媽的手裡居然只有拿一樣東西結帳。她看到每項她需要的食物，總是不自覺的喊著：『太貴了。』我就對媽媽說，現在妳知道為什麼爸爸常常沒買回妳要的全部東西吧！

因為錢不夠。」

「錢不夠，妳爸爸只要對我說那些錢不夠不就得了？幹嘛找理由說我暫時不用這個，兩、三天不會煮那個。

「媽媽，這就是男人的驕傲啊！

「爸爸走後，我媽媽和我的角色整個顛倒過來。我變成她的媽媽，她變成我的女兒。我是很擅長購物的人，所以就教媽媽要怎麼樣買東西。」這樣的角色倒轉實在有趣。安妮塔稍後告訴我，她的生存能力從小就是向媽媽學來的，現在她教媽媽購物。我和女兒之間的角色有時候也顛倒，如寂琦升上高三後，她積極的要教我怎麼修理電腦。「媽媽，我就要離家去上大學了，妳得學習獨立，妳得會自己修理電腦，自己轉換照片啊！妳不能再依賴我了。」

安妮塔的媽媽一直住在自己的家，也就是安妮塔童年的家，直到過世。生病後她雖然搬去和安妮塔住了三個月，最後還是堅持要回到自己的家。生命的尾聲三個月，安妮塔媽媽的病情已經相當嚴重了，還是要住在自己的家。因此，安妮塔的嫂嫂和弟媳們自己開會決定，在這期間，輪流搭飛機從維吉尼亞州來照顧婆婆。她們每個人一次輪兩星期。其中有兩個媳婦的職業是護士，有一個更是臨終護士。

那位臨終的護士媳婦剛好輪到婆婆的最後時刻，她明瞭婆婆就要走了，因此，特地花了三天時間對婆婆說話：「那邊的人已經在等妳了。妳的丈夫、爸爸、媽媽、兄弟、姊妹，還有好朋友，他們都已經做好準備要接妳去。那邊是天堂，是很美的世界，是妳很喜歡的天堂。現在，妳要寬心了。妳已經走完妳生命的全程了。請閉上妳的眼睛睡覺，安安心心的睡覺。」

安妮塔的媽媽在沒有掙扎下平平靜靜的走了。安妮塔自己也為臨終的病患工作很長一段時間，她從這兒學到很多生命的道理。「瑞生命走到尾端時，我就坐在床沿對他說同樣的話。我還告訴他，他的病體就要痊癒。『瑞，你放心，我自己一個人會活得很好，邦尼也會活得很好，請你放下你的心，不必擔心我們。』瑞就這樣在睡眠中走了。」

瑞最掛心不下的是安妮塔和邦尼。邦尼是瑞的狗，波士頓㹴犬，整天都陪著瑞，安撫瑞因生病而脆弱的靈魂。

安妮塔的媽媽已經辭世快二十年了，但安妮塔一有什麼快樂的事情，還是情不自禁的拿起電話要撥給媽媽，和媽媽分享。最後，總是徒然放下電話。

像安妮塔和她的媽媽母女分別過自己的日子，走自己的路，做自己的夢，彼此一點也沒有摩擦，是再好不過的母女關係。若把她們母女的關係，放在我和媽媽的關係反射上，我想，我們應該也是愛對方的，但我們愛得很辛苦，愛得很不自在，因為媽媽被性別枷鎖，還控制女兒。我雖然掙脫她的控制，但我的情緒並沒有脫離媽媽的限制。

而安妮塔和她的媽媽之間的良好關係，延續到安妮塔和自己的兩個兒子關係的親密，還擴展到和媳婦的友善相處。安妮塔的媳婦之一，貝蒂，甚至是她最要好的朋友。那麼，我和我的孩子們之間的關係，是不是在愛的時候，偶爾還有緊繃呢？和自己子女的關係，一定多少受到自己和父母關係的影響，這就是我目前亟需要突破的關鍵。

我十歲，我爬樹，也做蛋糕

在保守的美國年代，安妮塔的媽媽不但先進，就算在這個年代，仍然是佼佼者。畢竟，沒有多少的媽媽能讓自己的女兒和兒子平等的長大。

亞倫的家和農場相近，中間有一棵很大的樹，鞦韆就掛在大樹上，我喜歡在這兒盪鞦韆，遙看遠山和樹林，不遠處還有一幢農舍。野牛有時成群結隊的吃草，或在溪裡戲水，牠們永遠都是安安靜靜，很祥和的。微風總是徐徐吹來，有時候不知不覺盪著鞦韆就睡著了，讓我回到童年。

我的童年在農村度過，在貧乏的年代裡，我總是爬樹、在溪裡抓魚摸蜆、抓泥鰍、在農田奔跑，有時和小朋友們偷採人家的水果解饞，或偷人家放養在稻田的雞用牛糞烤來吃，那是非常奢侈的快樂。能夠有這樣的童年，完全拜父母太忙，忙於農事，忙於孩子太多，無暇管孩子所賜。

除了玩，我從小就開始「工作」養家。媽媽總是要求妹妹和我在稻田收割的季節，在不同人家的稻田撿拾稻穗。撿來的稻穗曬乾磨成米，幫助家裡有飯吃。媽媽要我們打聽，誰家的稻田哪天要收割？我們就得安排那天不上課到田裡撿拾稻穗。我們也得荷鋤挑畚箕到番薯田裡挖拾農人採收遺漏的番薯。我六、七歲時就開始趕鴨、養鴨，我們家有一段時間是養鴨人家，我常一個人留在鴨寮過夜照顧鴨子和撿拾鴨蛋。最深刻的記憶是，爸爸和我趕著數百隻鴨子從斗南徒步到彰化二林的溪畔。那是我第一次長途旅行，我和鴨群在溪畔住了一段時間，直到收割季節結束才又徒步趕鴨回家。長我兩歲的哥哥不但沒有做過這些事，我的父母只要他讀書，拿好成績，而我的哥哥也很爭氣，不是全班第一，就是全校第一。

我醒來時，發現安妮塔坐在樹下望著我。

「嘿！妳睡得很甜啊！妳臉上的表情看起來快樂幸福。是不是做了什麼夢？」

我把夢中回到童年的經驗說給安妮塔聽，她偶爾大笑，但也嚇了一跳，認為那麼小的年紀就得工作很不可思議。「小孩子的工作就是玩，不過，我小時候除了玩，也做工作。」她說。

「真的？我想聽聽妳的童年故事。」我迫不及待的請求。

「我的童年是在羅馬的舊城度過的。我家的房子不大，但後院有很多大樹，那是我和哥哥及弟弟們爬樹的地方。

「媽媽每天早出晚歸工作，我和哥哥弟弟一起玩，我們每天玩得非常瘋狂。我爬樹、打仗、打橄欖球……所有男生的遊戲我統統會玩，而且玩得很好。我不知道自己和哥哥弟弟不一樣。直到十幾歲時，有一天媽媽看到我和哥哥弟弟在打橄欖球（橄欖球是美國男生的運動，至今美國女生還是幾乎不打橄欖球。因為橄欖球是撲、抱、撞，女生在體能上被認為不適合），她說，淑女不該這樣的，我才赫然驚覺自己是女生。」安妮塔說到自己的童年時，滿臉純真，像是時光倒流。

安妮塔有一個哥哥，兩個弟弟，她是家中唯一的女孩，排行老二。在保守的美國年代，安妮塔的媽媽不但先進，就算在這個年代，仍然是佼佼者。畢竟，沒有多少的媽媽能讓自己的女兒和兒子平等的長大。

安妮塔的爸爸本來是老師，但沒有教師執照，不能長期在學校教書，就轉到棉花工廠工作。有一次，安妮塔的爸爸在工作中斷了一隻手臂，在民智未開的年代，一般人對於意外的不幸，總是迷信，甚至因而歧視。

「我的爸爸雖然變成了獨臂人，但我看到爸爸和雙手健全的人一樣，單手萬能，他什麼事情都能做，而且做得很好，也從不依賴任何人，更沒有找任何藉口，也沒有抱怨。可惜，我的爸爸一生備受歧視，找工作到處碰壁，只好幫人家做臨時工。由於爸爸的收入不穩定，媽媽就必須全職工作，以供應家庭所需。當然，媽媽的收入成為我家的主要收入來源。」安妮塔告訴我，她從爸爸身上學到，凡事皆有可能，凡事皆可做。從媽媽身上則學到，女人和男人一樣，男人能做的事，女人也一樣能做，包括養家活口。很巧的是，後來安妮塔的一生，幾乎和媽媽一樣，「我做的事情都是男人做的。」

「我的童年不只是玩，我還做很多事。我無師自通會做很多菜、點心、烤麵包和蛋糕。

「有一次媽媽下班回家時，我告訴媽媽我今天做了哪一種蛋糕時，媽媽不敢置信，她問我，『那些蛋糕在哪兒？』

「全被哥哥和弟弟們吃光了，那些蛋糕和甜點都已經在哥哥和弟弟們的肚子裡了。不信，妳問哥哥弟弟們。」那時候的安妮塔只有十歲而已，卻已經自學烘烤麵包蛋糕和其他點心。

「從小我就喜歡做菜、烘烤食物。我自己動腦筋想，該怎麼做，就依著自己的想法去做，然後就有成果出來。」

對安妮塔來說，很多事情都可以透過想像做出來。

「我的媽媽從來沒有告訴我，女生不可以這樣，不可以那樣。我很高興我的媽媽沒有將我和男生隔離開來，也沒有減少我玩的權利和機會。我的媽媽對待兒子和女兒的態度平等，不論是遊戲或受教育，這也讓我至今和三個兄弟的感情都很好，我們手足之間沒有距離。」

沒錯，安妮塔去年和大媳婦貝蒂兩人搭機到維吉尼亞州，兩個人一起租車探視親友。安妮塔探視哥哥弟弟們的家庭，貝蒂拜訪自己的兄弟和親友。安妮塔的三個哥哥弟弟大學畢業後，碰巧都在維吉尼亞州工作定居至今，唯獨安妮塔住在喬治亞老家不遠處。貝蒂在維吉尼亞州出生長大，唸大學時她碰到也在當地讀大學的亞倫。在維吉尼亞造船二十年後，亞倫決定回到喬治亞築夢，擁抱童年的牧場。一生最大的夢想是結婚的貝蒂便追隨丈夫而遠離家鄉。

「他為我留在維吉尼亞十七年，我願意隨他到各個角落。」當有人問貝蒂是否為丈夫犧牲太多，她總是這麼回答。

「要開放自己的潛能，千萬不能給自己設限，認為自己只會做這個，不會做那個，或覺得自己笨手笨腳的。」安妮塔說。

「像妳這麼聰明的人，一定還有很多潛能尚未開發出來，妳一定要全面打開自己的潛能，隨時給自己不一樣的機會。」安妮塔數次在我信心低落時這樣鼓勵我。

這實在太不可思議了，安妮塔媽媽說我很聰明，而我的親生媽媽一直說我很笨。從小，媽媽給我的小名就叫做「阿呆」。整天「阿呆」來，「阿呆」去，有時候，我還真的以為自己「很呆」呢！

由於安妮塔媽媽的賞識，我下定決心，要把從小學五年級開始就沒及格，讓我吃老師很多鞭子，備受我痛恨的數學搞定。因為，安妮塔讓我相信，我有數學的潛能。於是，我開始接觸數學，後來還轉到數學系就讀。

坦誠相對

我們兩個女人的年紀相差這麼多，但我們的觀念沒有距離。在分享健康和女性身體時，安妮塔有幾次都大方的拉開她的衣服讓我看她的身體。

我第一次在安妮塔家度假時，我們一起到超市買食物。安妮塔上超市購物前，她問我喜歡吃什麼東西，然後就寫下一張購物單。我們在一個大超市前停車。安妮塔居然停在殘障停車位，使我相當驚訝。在喬治亞州，每個公共場所都規劃了不少的殘障停車位，那是給殘障者最便利的位置。但若不是殘障者，卻停在殘障停車位，罰單是五百元美金一次。在美國，殘障者和一般人都擁有通行無阻的權利，不受身體的症狀而限制行動。

看到安妮塔停在殘障車位，我的想法是，也許喬治亞給老年人殘障停車位的特別優待吧！但同時我也質疑，怎麼可能將老人視為殘障者呢！老人應該也擁有獨立的完整人格吧！這麼想時，我立刻推翻了自己的猜測。

安妮塔是很細膩的人，她看到我的表情，就說：「我的兩個膝蓋都裝了人工關節。最近兩個膝蓋常常疼痛，我的骨科醫師就給我證明，讓我取得殘障停車位資格，方便我停車，以減少我走路時的膝蓋疼痛。」

後來又有幾次我們一起開車到超市，安妮塔就沒有停在殘障停車位，而是和大眾一樣，停在一般的停車位上。

針對膝蓋的疼痛，我們交流了不少。安妮塔告訴我，趁著我年輕，一定要保護我的膝蓋不要受傷。「等妳到我這個年紀，毛病只會愈來愈多，不會愈來愈少，尤其是膝蓋和背部。我交代兩個媳婦，要勤勞工作，但不可過度工作。過度工作會引起相當多的健康後遺症，如我年輕時在農場提水太多，造成晚年時背部和膝蓋疼痛。瑞臥病在床時，我也為他翻身，扶他起床，加速背部受傷的深度。妳一定要記得，勤勞是好事，但過度工作絕非好事。」

安妮塔總提醒我，女人更需要照顧自己，千萬不能過度工作，「女人生病時，多數的男人不會照顧女人。」

十來年前，我的兩個膝蓋曾經痛了約半年，我不只很難在公車上站立，也難於上下樓梯，好似有舉步維艱的痛苦。那是我在台中的一場公開演講結束後，開車到彰化探訪妹妹，停車時，兩個膝蓋突然疼痛不已。後來，在《光華雜誌》當總編輯的王瑩介紹了她的中醫朋友幫我拉背整脊和平兩腿，居然一次就把我的痛楚解除。那半年的膝蓋疼痛讓我深深體會，膝蓋的確很重要，而安妮塔的經驗更是深入我心坎。

我們兩個女人的年紀相差這麼多，但我們的觀念沒有距離。在分享健康和女性身體時，安妮塔有幾次都大方的拉開她的衣服讓我看她的身體。「這一條線曾經開過三次刀，第一刀是生老大時，生了很久還是生不出來，太危險了，醫生就動刀把嬰兒拿出來。第二刀呢，是生第二胎時，嬰兒的頭沒有翻轉下來，頭上腳下的，很難生產，也太危險了，所以醫生就給我剖腹生產。醫生要開刀時就考慮到，先前已經剖腹生產劃了一刀，現在如果在旁邊劃第二刀，這樣我的肚子就有可能變成一張地圖。因此，醫生就沿著第一次剖腹的線開刀。

「妳看，這兒有另一條線，是腸胃生病開的刀。」當安妮塔在述說自己的身體時，一點也沒有害羞，我趁勢開她玩笑，「嘿！不錯，妳的肚子可以作為數學課教學用，是兩條平行線，也可以作為美學教學用。」

安妮塔一聽，爽朗的笑了。

旋即，安妮塔給我看她的胸部，我故意驚呼，「哇塞！好大的胸部，妳是38D嗎？」

「38D哪夠，我的胸部足足有42DD。要聽清楚，是兩個D，意思是比42D還要大。我的胸罩就是42DD尺碼的。」安妮塔捧著她的胸部大笑。

「天啊！妳年輕的時候應該可以在媒體出足鋒頭。台灣的媒體經常鎖定在女星或女性的胸部尺寸上，作為話題，造成一些年輕女性對自己的身體不滿，甚至還有一些女性認為自己的大胸脯是驕傲，還有人為此動刀，讓胸部看起來更大、更挺，以吸引男人或那些有錢的男人的注意。」

安妮塔很不以為然胸部的尺寸成為公眾關注的焦點。

「台灣有些男性還戲謔胸部小的女性為飛機場哩！」我說。

「我的胸部雖然是42DD，生孩子時，奶水也多到溢出來，但是，亞倫卻天天啼哭不停。因為奶水充足卻不夠營養，就像是脫脂奶水，既不營養也不可口，更慘的是吃不飽。那時候，受不了孩子日夜啼哭，我拜訪醫生，醫生要我買奶粉給嬰兒補充營養，孩子才不哭。」當然囉，安妮塔認為女性大可不必為自己的胸部大小而煩惱，或將焦點放在胸部上，反而應該接受自己的身體，欣賞自己的身體。

「妳曾經為自己的身體自卑過嗎？」安妮塔問我。

「從不！我一直認為自己長得很好，雖然我媽媽常嘲笑我的雙腳細瘦如小鳥的腳，我還是很欣賞自己的雙腳。我的雙腳走過五十幾個國家，沒有這雙腳，我可走不了多遠的路呢！」我說。

「那就好，千萬別嫌棄老天爺賞賜給妳的。接受妳所有，愛妳所有，這樣妳這一輩子就會快快樂樂的。這是我從小學到的真理，八十年來，我最感到滿足的是，我接受我所有的，也愛我所有的。」隨後安妮塔補充，說接受自己所有，愛自己所有就是幸福。

CH2
兩個媽媽的世界

我是誰？

媽媽十二歲時喪母，她一直深以為憾，也認為她自己是歹命的人。媽媽曾不只一次的對我數落，「妳有媽媽，還有什麼不滿足？不像我，我是多麼的歹命，沒有媽媽照顧和教養我。」

和安妮塔相見如故，我們之間雖有文化的差異，有語言的不同，還有膚色一白一黃，但都沒有阻礙我們的溝通與默契。這使我更不明白，我出自娘胎，我和父母說的語言相同，也吃相同的飯，從小耳濡目染爸爸媽媽的所有生活，為何我始終和媽媽處不來。但事實上，我的個性很海派、樂觀和積極。換句話說，我是老少咸宜的人，我的朋友從小孩到老人，各階層的年紀都有，他們也都喜歡我。唯獨我的媽媽一見我就罵，並視我為一文不值的人，實在傷透了我的心。

問。「為什麼我在媽媽面前動輒得咎？」在無數的夜晚，我仰望天上的星星自問。

我還懷疑過，我是媽媽領養來的小孩。但是，我的一個遠房鄰居舅媽曾經目睹我出生，還數次告訴過我，我出生那天下午的情況，「一個手長腳長的漂亮嬰兒。」那個舅媽還記得清清楚楚，我是農曆幾月幾號幾點鐘出生的，哭聲非常宏亮，她甚至連當天的天氣都描述得一清二楚。

媽媽也曾說，我出生後數個月爸爸才從外地工作回來，那時的我已經不小了。「妳出生時，妳的外公認為女孩是賠錢貨，長大沒用，所以他主張把妳送給妳姑丈姑媽。妳的姑丈姑媽結婚很多年都沒有小孩。後來妳爸爸回來了，他不肯把妳給他的妹妹，我們才向戶政事務所登記妳的出生。這就是為什麼妳的出生日期和戶政事務所登記的日期不同的原因。」很可笑對不對？如果女孩沒有用，是賠錢貨，為什麼我外公入贅到我外祖母家？如果女孩沒有用，男人還能搞什麼？

爸爸還曾告訴我，為什麼給我取單名「隨」，是因唯一的舅舅要結婚了，他要當家，在舅舅的要求下，入贅的爸爸和招贅的媽媽只得搬離外公的家。「才一搬到新家，妳就出生，所以，妳是『隨』著我們搬出來獨立小家庭的。」爸爸第一次對我說這個故事時，我還是小學的年紀，但記憶深刻。

雖然如此，我還是繼續探索自己的出生，我認為那一定隱藏了什麼秘密，要不然媽媽沒理由要如此痛恨自己的女兒。

可是，我始終找不到答案。我和所有親戚的感情都很好，他們多數也和我的媽媽相處得很不錯，他們也不知所以然。有時候，他們告訴我，因為我是與眾不同的人，而我媽媽不喜歡和大家不一樣的孩子。我的兩個姑媽曾私下對我說：「基本上，妳媽媽的個性是孤僻、自私又古板的人。」媽媽雖然對待爸爸這邊的手足不如自己的親妹妹，但也不像姑媽們描述的一樣，是孤僻的人。

為此，我曾經分析了媽媽的出生和成長的背景。

媽媽出生在富裕的家庭，她的媽媽是招贅者，她的媽媽的媽媽也是招贅者，因為她們「莊」家是有錢人。在台灣的社會，有錢人家若是沒有兒子，就會為女兒招贅丈夫，好繼承自己家族的姓氏和財產。我的母系三代女性都是同一姓氏「莊」。為此，我很不能接受外祖母、外祖父、外孫的傳統名稱。對我們這種招贅家庭的孩子來說，那些稱謂剛好和父系相反。

因為爸爸媽媽是招贅婚，我的外公過世時，「捧斗」的是我的哥哥，他穿藏青色喪衣送殯。在出殯時，我聽村人耳語，我外公怎麼會有一個這麼大年紀的孫子捧斗？村人會如此懷疑，是我的哥哥個性內向，極少在村內活動，很少人認識他之故。相反的，我和哥哥是個性截然不同的人，全村的人幾乎沒有不認識我的。

媽媽十二歲時喪母，她一直深以為憾，也認為她自己是歹命的人。媽媽曾不只一次的對我數落，「妳有媽媽，還有什麼不滿足？不像我，我是多麼的歹命，沒有媽媽照顧和教養我，讓我才十二歲就得照顧弟弟妹妹，還得做一大堆家事。」

我沒有同意媽媽的說法。她早年喪母不是我的錯，我不需要承擔她生命的遺憾，媽媽更沒理由因為她的媽媽早逝而對女兒不好。我比較為媽媽感到遺憾的是，媽媽出生在有錢的家庭，在她的媽媽還健在時，並沒有讓她入學受教育。我懷疑，我的媽媽並沒有被她的媽媽喜愛和照顧。

二〇〇六年，我回台灣時，趁著南下探望我的媽媽和到我的母校演講，我順道卻是專程的到戶政事務所調出我的出生證明。順道是路程關係；專程，是因這件事困擾我許久，我一直想查個水落石出。

出生證明上，村莊鄰里都是我外公的家，是我小時候常去的地方，就在我童年村莊的「過溝」處，在河對岸，而戶長是我的舅舅。這一點兒也不奇怪，我的外公是入贅到我外祖母家，即便我外祖母過世，戶長還是沒有我外公的分。由這兒連結我爸爸說的，我是「隨」著他們自立門戶出生的嬰兒，一點也沒錯，因他們當時才剛搬家，戶籍還沒有遷移。

另外，我的長相，從五官到身材，幾乎是爸爸的翻版。我是我家五個孩子中長得最像爸爸的人。從生物學上來判斷，我是爸媽的孩子一點也假不了。不只如此，我連個性也和爸爸近似。

各種事實證明，我是爸爸媽媽親生的孩子。那麼，為什麼媽媽視我如眼中釘？我曾經對我的妹妹們說，我的媽媽是這世界上目前為止對我最不好的人。

愛自己，從照顧自己出發

安妮塔的個性很樸素，也很節儉，但在照顧自己的健康上一點都不含糊。

下午四點半，我終於到達安妮塔的家，安妮塔展開雙臂熱烈的出門迎接我。安妮塔看起來瘦了很多，但氣色很好。一問之下，果然沒錯，她足足瘦了十五磅。「妳怎麼瘦的？」我很好奇這個年紀的女人要健康的瘦，到底有什麼秘訣？

她拿出兩個小巧的計算機給我看，一個計算食物涵蓋的卡路里多少，一個計算加總的點數，過程看起來很複雜。「我每天吃東西前後都要計算我今天吃了幾個點數。」

「這個有效嗎？」

「當然有，我才加入『監視體重』（Weight Watchers）十六個星期，就瘦了十五磅。七〇年代，我也曾加入這個公司，那次瘦了五十磅。後來我的丈夫和媽媽都生病，我的壓力大，也忙得沒有空再持續，體重就直線上升。」安妮塔說。

同時，她給我看監視體重的兩本食譜。那是一本列出每道食譜的作法、卡路里等，和一些食譜沒有太大的差異。

加入『監視體重』，安妮塔認為最大的好處是克服人們自欺欺人的弱點，不能騙自己，也不能用各種藉口矇混。

一星期後，我同安妮塔到『監視體重』公司，她在一些檔案中找到自己的檔案，然後就站上一個連結辦公室內的磅秤，外面的人看不出多少體重，只有工作人員才得知。每個星期四下午，安妮塔得到這個公司秤體重，然後參加課程討論。

我問安妮塔，為何這個公司的磅秤只給工作人員看，而外面看不出來。「體重是個人的隱私，只許相關人員看。」

參加這樣的組織每個月都要付錢。安妮塔的個性很樸素，也很節儉，但在照顧自己的健康上一點都不含糊。

「我媽媽一定捨不得花這樣的錢在自己的身上。」我不自覺的說。

「妳的媽媽可能是低自尊的人。低自尊的人常常不滿意東、挑剔西的。他們永遠都覺得不夠好。換句話說，妳的媽媽還有可能是個性要求完美的人。通常個性要求完美的人比較容易不滿足。」

也許，安妮塔說得對。低自尊的人不滿意自己，也不滿意別人，所以凡事總是挑剔，總是批評。這樣的人其實活得很辛苦，我開始同情媽媽了。

從出生到死亡

安妮塔領我到其中，並指著空白的一塊墓碑上的名字給我看。我瞥了一眼，這下子真正的嚇了我一跳。墓碑上清清楚楚的寫著安妮塔的名字，還有出生年月日，只是死亡的年份空白。

有一天下午，安妮塔問我，有需要什麼嗎？我說，嘿！妳可以帶我去看看妳童年的家嗎？

安妮塔是行動派的人，立刻把車開出，朝著舊城而去。羅馬舊城和新城非常不一樣，至少有二百年以上的歷史。羅馬的建築古色古香，咖啡店和來來往往的人潮很像歐洲的小鎮，我一時錯覺以為自己正在歐洲的某個小鎮旅行呢！

大約十或二十分鐘左右，我們就到了安妮塔童年的家。

那個房子的歷史和羅馬小鎮相差不多，可是建築仍然完美無缺，寬敞的房子，有前後院，有綠色草皮，還有很巨大、很老的樹。

「我和哥哥弟弟們天天爬樹。我就是爬這些樹長大的。這附近住的人都是我的朋友，我們都很熟悉。哥哥總是牽著我的手，帶我穿越馬路去上小學。哥哥對我很好。媽媽很忙，大部分時間我們都是自己玩長大的。」

安妮塔在那兒出生、長大，直到踏入婚姻，才搬離這個家。安妮塔的媽媽過世時，她的三個兄弟開會討論，將媽媽的遺囑變更。遺囑上，媽媽將她的財產平等分配給四個子女。不過，安妮塔的兄弟認為，安妮塔照顧媽媽二十年，而他們兄弟只是不定期拜訪而已。因此，一致同意媽媽的所有財產全數贈送給安妮塔。

依照美國人的慣例，拿到父母的房子，自己通常不會住進去，因為自己有家，於是就會把房子變賣。安妮塔也是如此。現在，這個房子有新的主人。

即便如此，房子和一草一木，安妮塔都記憶深刻。這麼古老的社區以現在的眼光來看，還是美輪美奐。安妮塔的童年沒有被拆掉，一個八十歲的人還可以回到自己的童年，實在很幸福。

我童年的家，在我北上讀高中時就拆掉改建成現在兩層樓的房子。我猜，很多住在台灣的人的童年都回不去了。中國改變更嚴重，常往中國跑的人若一段時間沒去，再去時以前的影像全不見了。

因此，我對安妮塔打趣道：「妳說妳小時候家裡很窮，怎麼會？妳住這麼好的房子，在規劃這麼理想，又到處綠化的社區，怎麼會窮。啊！妳不知真正的窮是什麼樣子。我小時候窮得常常三餐沒有著落。要煮飯時，米缸總是空的，要向人家借米下鍋，還得看臉色。我還得下田去拾稻穗，幫助家裡有飯吃。」

「我從來沒有缺過食物，食物總是足夠的。」安妮塔說。

「而且，妳從小就有襪子和鞋子穿，這怎麼能算窮？我小學時都是打赤腳上學，鞋子是用來給校方檢查的。」那時候我發覺，原來貧窮在不同國度的定義是不一樣的。像我來自牙買加的朋友偉恩，他聽到我說童年有多窮，他說：「嘿！妳知道真正的窮是什麼狀況嗎？我天天飢餓的在垃圾桶翻找食物吃。」

貧窮的定義，與當地國家的生活水平和文化水平有直接關係。

一路上，安妮塔說羅馬的歷史給我聽。我們在她童年的社區逗留一會兒，聽她娓娓道來她的童年故事。安妮塔逐一的介紹，這個房子曾經是她的哪個朋友的家，這個朋友的個性如何，以及他們一起玩什麼遊戲。

「這個是童年的圖書館，我小時候常到圖書館報到，總是和哥哥弟弟們騎腳踏車來借書和還書。

「喔！這個是我以前的高中，現在改成小學了。」聽到安妮塔介紹她的高中，我一時興起，問她，在她的年代，美國的父母會不會反對女兒上高中？

「不！每個女生和男生一樣，國中畢業就直升高中，就像現在的美國孩子一樣。我的同學和朋友裡，沒有人的父母不允許孩子上高中，因為那是違法的事情。」

「為什麼是違法？」

「在我的時代之前，美國的法律就規定，義務教育從幼稚園到高中，一共是十三年教育。從我的時代起，上學就是免費的，如同現在這樣，教科書也是免費的。也有學生巴士，所以，住在規定距離的人就可以搭免費的校車巴士上下學。孩子上學全是免費，不會增加父母的負擔。更重要的是，父母也知道知識是權力。美國是一個非常重視法律的國家，守法更是美國人的基本公民觀念。所以，父母也沒有權力反對孩子上高中。」

「美國的強盛是不是與十三年的教育普及有直接關係？」我納悶的想著。

本來我以為安妮塔會帶我在舊城的咖啡館小坐一下，但她就像過動的人，車子立即朝新城的方向開去。

本來我以為我們就要回家時，沒想到，安妮塔居然將車開入一個很漂亮的墓園，每個墳墓上都有假花或真花，看起來像是繁花似錦。車子在一處空曠的地方停下來。

隨即，安妮塔領我到其中，並指著空白的一塊墓碑上的名字給我看。我瞥了一眼，這下子真正的嚇了我一跳。墓碑上清清楚楚的寫著安妮塔的名字，還有出生年月日，只是死亡的年份空白。「這是我將來要長眠的地方。」安妮塔輕鬆的說。

在安妮塔墓碑右邊的是她的丈夫瑞。瑞的右邊是他的父母。安妮塔的左邊是她的父母。還有四塊空白的墓碑上面寫著安妮塔的長子亞倫、長媳貝蒂以及次子連和其妻茱蒂。

「因為我公婆不喜歡我父母，所以，我把瑞和我放在中間，隔開他們。」安妮塔的公婆生前就買妥自己的墓地，還買了瑞和安妮塔的。另外，安妮塔自己買了父母和兒媳等六塊墓地。

「那時候墓園開放不久，有一次我來看，剛好有人退掉墓地，而數目剛好是我需要的，我就買了下來。當時的價錢便宜，現在已經漲得很高了。」安妮塔在說自己將來長眠的地方，就像在說一粒鹽一樣，非常的平常心。

「妳一點兒都不忌諱死亡？」我問她。

「從我們出生的那天開始，我們就漸漸的死亡。死亡是生命的循環，這是大自然正常的現象。沒有新生，就沒有死亡，同樣地，沒有死亡，也不會有新生。我從來不忌諱，也不害怕。時間到了，我就走了。我的父母、丈夫、兄弟，還有好朋友都會在另一邊等我，即便我走了，我也不會寂寞。活著的時候，我天天盡情的活，及時快樂，當我走了，也就走了。」安妮塔說得那麼自然，這與我們的文化忌諱死亡非常不同。

我的媽媽甚至避談她已過世的父母。若我問起我的阿公，媽媽就禁止我說下去。因此，我雖然認識我阿公，但從媽媽嘴裡聽到的關於阿公，幾乎是零。更遑論她的媽媽，我未曾謀面的祖母，我從來不知道她是什麼樣的女人。

「這個是我兒時的鄰居某某，這個是某某。」安妮塔帶我繞墓園一圈，說很多人的故事給我聽，那兒躺著的人幾乎都是她的舊識。

「妳看，每個墓地上都有假花，只有我們家的沒有。因為瑞不喜歡假的東西，他認為只有真的花才美麗。我也不喜歡假花，所以我們的墓地都沒有花。」安妮塔說。

而安妮塔居然領我到她將來要前往的地方旅行。「將來有一天妳路過可以來看我，但沒有必要。」

美國人沒有掃墓這回事，也沒有「清明時節雨紛紛，路上行人欲斷魂」。安妮塔聽我說台灣民眾每年要掃墓，人死後幾年還有揀骨入甕，然後重新下葬，甚至有掃墓假。她很不以為然的說，幹嘛要打擾他們，就讓他們長眠不是很好嗎？美國雖然沒有掃墓節，但美國人的墳場卻乾乾淨淨，有如公園般的綠化，還是散步的好地方。美國的墳墓管理很現代化，管理人定時用割草機割草，有如制度化的美國社會，井然有序。我們有清明節，墳場卻像亂葬崗，那兒的野草長得可以玩捉迷藏，甚至我小時候每次經過公墓，就不禁會想起燐火的傳說。大人嚇小孩，說那是死去的人身體上的一種物質，在夜間時一點點的閃亮。

這帶出了西方文化和華人文化很大的差異。美國人向前看，我們向後看，這是我從這兒領悟出的歧異。

那天晚上我打電話給亞倫，「嘿，你猜猜今天媽媽帶我去哪兒旅行？」他連猜了幾個地方，最後我說：「我去你將來的家旅行。」他笑得很大聲，一點也不奇怪安妮塔會做這樣的事。

這是第一次我和死亡如此接近。而且，我一點也不怕死亡，更不以為那兒有什麼陰森。今天的旅行不但解除了我從小對死亡的恐懼，也驅除了對死後世界的恐慌。原來，靠近死亡，可以如此平靜安詳，何必怕死？

禁忌大師

我媽媽對死亡的禁忌非常嚴謹，不許我們經過有人去世的房子，不准我們看送葬的隊伍，不准我們到新近有人去世的人家玩。好像是我們只要接近有人死亡的家屬或房子，就會遭殃。

在拜訪安妮塔未來的家時，我發出一連串的驚呼，死亡可以如此平常心，不必鬼哭神號，不必傳統的敲敲打打，不必演出葬禮需要的戲碼，如目蓮救母。同時，也讓我思考媽媽在我身上所施加的「禁忌」。

媽媽的禁忌很多，幾乎無所不在。例如鄰居有一對姊妹，是我阿公弟弟的女兒，等於是我媽媽的堂妹。我媽媽以前和她們的媽媽吵過架，從此就像仇人，不打招呼，視而不見，還禁止我們所有的孩子到她們家玩，也不准和她們打招呼。

這很荒謬，兩家的屋簷連在一起，我們家的祖先牌位在她們家，因為是四合院的大廳堂，所以逢年過節得到那兒祭拜我阿公的祖先。既是鄰居，也是親戚，每天總會見上無數次面，數十年來彼此卻不說話。據說吵架有兩個因素，一個是我阿公是長子，本來長子該繼承四合院的主廳堂，卻被這個叔公侵佔。另一個吵架原因則是雞毛蒜事。

另一個例子是，一位附近劉姓人家，那個媽媽是大嘴巴，說話聲音很大，也愛戲弄人。我不知為什麼她和媽媽兩人沒說話，根據推測，應該是童年結怨的。媽媽叫那戶人家是「吃齋的」，因為那戶人家吃素。媽媽也不許我們到他們家玩，偏偏妹妹和她的女兒同一班，她的一個女兒和我同齡，她的長女和我哥哥同一班，她的幼子和我弟弟是好朋友。

此外，媽媽和我唯一的舅媽也不說話，這我可以理解，我的舅媽是很不尋常的人，連我叫她都沒回應過，我媽叫她「大盤」，意思是她從不理人。我媽媽和我舅媽吵架，是我舅媽不高興我媽媽因招贅就有繼承財產的權利，所以對我媽媽非常生氣。不過，從我的舅媽和我舅舅結婚後，他們就一直和我阿公住一起。我們常常去探視我阿公，當人在同一屋簷下彼此不說話，對我來說實在很離譜。

很不幸的是，我媽媽所禁止我們往來的那些人，都是我常去的地方。我叫隔壁的姊妹阿姨，我和她們全家都很好。她們有一個弟弟是啞巴，非常有美術才華，讀啟聰學校畢業。他的太太也是啞巴。我每次南下總要去和他筆談。這個表舅長我兩歲，我們無所不談。姓劉的這家是外地搬來的，不過也在村莊落戶很久很久了。我童年的村莊基本上只有兩個姓氏，一個是莊，我媽媽的姓；一個是黃，是我爸爸的姓。我的阿公（媽媽的爸爸）姓張，他的兩個弟弟一個住我家隔壁，一個住村外，是後來搬出去的。

我常去這些人的家，和這些人聊天，或和這些人的孩子玩。我媽媽知道禁止不了，還是天天罵我，說我是生蕃（未被同化的原住民）或畜生，怎麼說都不聽。像我媽媽這樣的台灣人，據說不少。我曾閱讀一篇文章，描述南部的一個媽媽也是如此，禁止孩子和她吵過架的鄰居往來。

為什麼我媽媽是禁忌大師？是集所有禁忌之大全？根據我的瞭解和猜測，有幾個可能：一部分是個性關係；一部分是從未踏出那個保守封建的村莊；一部分是華人的封建文化，如早期台灣的漳泉械鬥，接著是閩客械鬥，然後是外省本省械鬥。如果再往更早一點推，則是漢人鬥平埔族，騙平埔族人的土地，還有漢人鬥原住民等。我曾經到非洲的馬達加斯加旅行，那兒有許多世代的客家人定居。根據那裡的人告訴我，客家人在數百年前移民到非洲的模里西斯島，後來兩派相鬥，鬥輸的那派就搬到馬達加斯加，一直定居到如今。基本上，就是一種排外，只要非我家族，就是外，就要鬥。

我媽媽對死亡的禁忌非常嚴謹，不許我們經過有人去世的房子，不准我們看送葬的隊伍，不准我們到新近有人去世的人家玩。好像是我們只要接近有人死亡的家屬或房子，就會遭殃。對死亡那樣深沈的恐懼，我媽媽可能只是一個社會的縮影。

不過，安妮塔帶我走一趟墓地，卻為我打開一個無限的生命空間，讓我對生命有更多的敬意與嚮往。死亡，就是新生。為什麼要怕？

側面看媽媽

阿姨和我的媽媽感情很好，她從小由我的母親照顧長大，她們姊妹之間有點像母女，媽媽對待阿姨非常慷慨，一有什麼好吃的東西就打電話要阿姨騎摩托車來拿。不知情的人看到她們姊妹情深，會誤以為她們比較像母女。

二〇〇六年四月，我的父親因為肝硬化走了，得年七十五歲。我正在學期中，沒有回台灣奔喪。

我爸爸的年紀，剛好與台灣男性的平均壽命一樣。雖然不捨，但從另一方面來想，其實我爸爸比他的爸爸的壽命長了將近一倍，也算大突破了。我未曾謀面的祖父在三十九歲時過世，剛好是他的雙胞胎出生。迷信的鄉下人說，因為逢九，我祖父有雙胞胎孩子出生，所以過不了九。對我來說，這是無稽之談。台灣鄉下人的迷信之多，罄竹難書。

爸爸怕熱，我也一樣。我們父女不但外表一模一樣，個性也如出一轍。連聰明才華都是一個樣，我幾乎是爸爸活生生的翻版。爸爸連浴室都裝電扇。洗澡時吹電扇，據他說，洗完澡一身汗，等於白洗，所以要吹電扇。媽媽為了爸爸在浴室裝電扇，也在孩子面前數落爸爸不下數次。

很久以前，有一年父親節時，我找兩個妹妹商量，共同集資買一台冷氣送爸爸，就裝在父母的房間。爸爸雖然節儉，但應該很開心吧！媽媽可不以為然，為了這件事她不只是把我臭罵一頓，而且連罵了好幾年。媽媽說我一定是主謀，說那是浪費，說他們哪有那麼好命吹冷氣。每次我們兄弟姊妹做什麼特殊的事情，媽媽都怪罪於我，說主謀一定是我。「沒有人像妳一樣，滿腦子動個不停。」

我的爸爸三歲就喪父，不久他的母親又被爸爸的嬸嬸逼著改嫁外地。所以，爸爸和他的哥哥及祖母相依為命。童年的爸爸，就得為叔叔一家無償工作換口飯吃。我的伯父脾氣非常溫和，是很和平主義的人。他的個性也不像爸爸那麼積極，但因脾氣的關係，頗得嬸嬸的疼，爸爸的脾氣硬，但動作俐落又勤快，雖然做很多工作，卻被嬸嬸虐待。

及長，爸爸為村人做長工，換得一口飯吃。他就是為我阿公做長工，阿公看他聰明、勤勞、誠實，就為媽媽招贅。

根據也住在我們村莊的表哥說，我的爸爸是村莊眾多入贅者中，對太太最好的人。「舅舅實在是大好人，工作那麼勤奮，責任感強，很少休息。舅舅所賺得每分錢全部繳公，而且個性又樸素，沒啥花費。舅媽是全村女人最幸福的一個，有事丈夫服其勞，還常說她命苦，實在不是聰明的人。」

這是二〇〇六年我回台灣探視生病的母親時，我夜訪表哥，兩人一夜長談下，對媽媽有了側面的瞭解。

不過，表嫂的看法就完全不一樣。表嫂很喜歡我的媽媽，她說她的個性和我的媽媽很相像，她們彼此很談得來。「我們有很多話聊，每次見面總是聊得欲罷不能。」

一下子，我就證實了表嫂的說法無誤。表嫂就像我的媽媽一樣，不斷的要我吃東西，我不吃，但她不死心，硬要我吃，以表示她的熱情。表哥就不同，我說不，表哥就說ＯＫ，隨我。表嫂還問東問西的，很多問題都是我不喜歡，也不願意回答的，但她很不識相，幸而都被表哥及時阻止。表哥對我說：「妳表嫂年紀雖然比妳還小，但她是很嘮叨和傳統的女人，很重男輕女，別理她。」

表嫂一直認為重男輕女本來就是應該的。她向我抱怨，姑媽前年走的時候將財產平均分成五等份，分別給兩個兒子和三個女兒，「那是愚蠢的，怎麼可以公平分配？她們幾個女兒有拜祖宗牌位嗎？」我姑媽的思維很開放、個性很幽默，是極為外向的人。姑媽和我很投緣，媽媽因此常數落我，「妳和妳姑媽一個樣。」當然，姑媽對我說：「妳媽是老古板，食古不化，都什麼時代還在重男輕女。」

這次回台灣我也拜訪小姑姑，就是爸爸的雙胞胎妹妹之一。小姑姑和我的感情好得不得了，我以前常去台中探望她，大多數拜訪姑媽們我都沒有讓媽媽知道，「幹嘛去拜訪？妳沒事找事做。」萬一媽媽知曉，一定如此數落。

媽媽喜歡我去她的妹妹家，但爸爸的姊妹則不同。另外媽媽反對我去姑媽家是我會給姑媽紅包，因為姑媽住在眷村，環境不是很理想，而姑丈在開放大陸探親前一年走了，姑媽更是寂寞。我認為給姑媽紅包，只是我的一分心意，但不為媽媽包容。

小姑姑說，我爸爸出殯時她沒出席葬禮。

「我剛好身體不舒服，眼睛又看不太清楚，所以沒去。妳媽媽就更不諒解。」

小姑姑對我說，她住的眷村數年前被燒了，沒錢搬家，就在原地簡陋的重蓋房子。媽媽認為，姑姑那個房子不是傳統的新房子，所以娘家不需要特地來慶賀。姑嫂之間的芥蒂更深了。

「妳媽媽是很小氣的人，對自己的小姑這樣，但妳爸爸就很慷慨，可是他拗不過妳媽媽。」

我也探望媽媽的妹妹——我的阿姨。阿姨說，媽媽常抱怨她命苦，「我告訴妳媽，像我這樣才是命苦。我的兩個兒子一個吸毒過世，一個吸毒在監獄，唯一的女兒工作勤奮，伺候公婆很好，但丈夫有外遇被迫離婚，現在重病在身。」可是媽媽還是聽不進去，一直認為她命苦。姊妹同樣喪母，阿姨才三歲，媽媽已是十二歲，她就是認為自己命苦。

阿姨和我的媽媽感情很好，她從小由我的母親照顧長大，她們姊妹之間有點像母女，媽媽對待阿姨非常慷慨，一有什麼好吃的東西就打電話要阿姨騎摩托車來拿。不知情的人看到她們姊妹情深，會誤以為她們比較像母女。

「妳媽媽是很想不開的人。其實妳媽媽是很幸福的人，你們兄弟姊妹都沒有變壞，還定時給錢。我不但要工作賺錢，還要兼顧孫子和媳婦的生活過得下去否。」由阿姨對我媽媽的瞭解來看，媽媽最苦的是她的想法，她的負面思想太濃厚，加上個性的完美主義，因而侵蝕了她的觀點和感覺。

至於我的嫂嫂，她一直是媽媽心目中完美的媳婦。完美的意思是嫂嫂具備濃厚傳統思想，有所有傳統女人擁有的一切，做傳統女人的工作。不過，媽媽一直沒有和兒媳居住，只是偶爾北上作客，當客人和真正家人，那是完全不一樣的體悟。

為了照顧剛動完脊椎手術的媽媽，來接班的我在醫院碰到嫂嫂。她向我抱怨說媽媽的抱怨太多。「也許不是媽媽的抱怨太多，而是過去一切對外人際關係有爸爸挺著，由爸爸負責交涉，她的抱怨可能只到爸爸那兒為止。」我解釋著。

當然也有可能是媽媽對待媳婦一直比女兒好很多，她視媳婦為家人，女兒為外人，這樣態度的差異，讓嫂嫂在父母的心中唯我獨尊。突然聽到媽媽的抱怨，嫂嫂內心自然不舒服。

當爸爸離去，媽媽的靠山不見了，她得獨自處理人際關係，本來就拙於言詞的媽媽，將來的處境更艱難了。

由於父母對待兒子和媳婦的態度與女兒有天壤之別，因此，我們三個姊妹和兄嫂之間有很大的距離存在。雖是如此，但我們仍然維持基本的禮儀。

當我拜訪阿姨時，阿姨說，媽媽覺得爸爸走後，嫂嫂對她的態度完全不同了。媽媽的想法無可厚非，因為也牽涉到複雜的財產分配問題，我的兩個兄弟繼承了父母所有的財產。就人性而言，這是很正常的現象。並非說這是媽媽或嫂嫂的錯。基本上，對我來說，那只是華人的人際關係太密切，密得無法透氣，才會有那樣的感覺。

安妮塔和她的媳婦之間沒有衝突，因為她們之間有界線。每個人都沒有跨過那個界線，相對的，也沒有期許對方過度的殷勤或照顧。既然沒有期待，自然沒有失望。

久別重逢

到達哥哥家時，我已經中暑得非常難受。媽媽看到我，沒說話，但淚水沿著她的臉頰滑下，我也是。我們沒有擁抱，但氣氛有點尷尬和緊繃。

二〇〇六年六月，就在我忙著搬家之際，突然接到妹妹發給她的教會兄弟姊妹的群信，包括給我。

信的內容說，爸爸才因肝硬化逝世，媽媽現在經醫生證實是肝硬化初期。我匆匆看了那封電子信，心情五味雜陳，就開始找機票計畫回台照顧媽媽幾個月。

在爸爸住院期間，我研讀了不少關於肝硬化的訊息，知道雲林是肝硬化比例最高的縣。我透過越洋電話請朋友幫在醫院等待病床的爸爸找到病床。

在我八月回到台灣時，我自己面臨許多現實的困境。首先是氣候，我怕熱，過去很少暑假期間留在台灣。在喬治亞讀書三年多後，我更難適應台灣炎熱濕悶的氣候。另一個致命打擊是詐騙集團的電話整天騷擾，而我根本不明白那是詐騙，被耍得團團轉不說，還怪罪到正在海軍陸戰隊服役的兒子沒繳電話費，我的電話就要立即被斷話。後來我打電話到中華電信公司問明白我的電話費紀錄，接電話的小姐說，我是她所見過最容易上當的人。

唉！才離開台灣三年多，整個台灣社會居然蛻變那麼多。再來是我忙著公開演講和在宜蘭社大教課。當我再度和台灣接軌後，我非常渴望透過教學和演講多認識台灣，我的忙碌可想而知。但我沒有忘記回台灣最重要的目的——探望和照顧媽媽。可是，我內心又有深層的恐懼，怕被媽媽罵。

像我這樣在威權時代出生長大的人，終其一生，內心都懼怕威權。我的父母是威權的人，我的老師們也是威權的人。因此，當我剛到美國唸書時，還常常怕老師生氣。在美國唸書幾年下來，我卻沒見過任何一個美國老師生氣過，反倒是老師常向學生道歉。這代表了什麼？威權的社會動不動就用生氣控制人，如控制子女、學生、屬下……民主的社會則是溝通、瞭解、幫助、解決問題。

妹妹和她的女兒，我的兒子和我，我們四人在一個星期天的早晨相約在捷運西門站見，然後我們一起搭捷運到永寧。妹妹向我保證，到哥哥家的公車班次很多，下捷運後轉公車半小時就可以抵達哥哥家。而媽媽正在他們家等待醫療。

永寧是土城的工業和住宅混合區，空氣污染非常嚴重，我幾乎難以呼吸，而氣候酷熱得讓我中暑。我問妹妹，我們可否搭計程車去哥哥家，因為我無法站在那兒等公車。那時，我們已經等了一小時的公車。妹妹認為路途太遠，搭計程車太貴，她提議搭公車到三峽再轉計程車比較划算。我依妹妹的意見。

那天出發前，我對妹妹說，拜訪媽媽後我就要離開，待太久恐怕我會和媽媽吵架。「我不在那兒用午餐，我的早餐吃得很夠。」我說。妹妹答應我，我們不吃午餐就離開。

到達哥哥家時，我已經中暑得非常難受。媽媽看到我，沒說話，但淚水沿著她的臉頰滑下，我也是。我們沒有擁抱，但氣氛有點尷尬和緊繃。媽媽數落我沒回去參加爸爸的葬禮，然後立即要我蓋章給弟弟，讓弟弟得以將爸爸名下的一棟房子過戶到他名下。這塊地，根據媽媽的說法，在爸爸走前遺漏過戶到弟弟名下，才需要兄弟姊妹蓋章。二十年前，媽媽就常叮嚀我，日後他們走了，要我無條件蓋章給兄弟，而且，不許說一句話。

我也不下數次回覆媽媽，那是不可能的。「你們怎麼作弊是你們的事，但要我蓋章絕對不可能。我不可能主動放棄我的權利，還任由你們糟蹋。」為了這樣的回答，媽媽當然氣我氣到不行，她逢人就說我不孝。

這次我保持沈默，沒有承諾媽媽，也沒有拒絕。但他們都知道，在爸爸走後他們透過越洋電話要我蓋章，我拒絕了。我還向我的孩子們說，如果我蓋下那個章，日後怎麼面對子女的教育？

「媽媽一直告訴你們，男女平權，而在節骨眼上，為了取悅我媽媽就拋棄自己的理念，這樣矛盾的作法是不可能出現的。」我曾向兒女保證自己是個說到做到的人。

此時，嫂嫂端出午餐，那時的我一直想嘔吐，就表明無法吃午餐。媽媽聽到我不吃午餐，立刻拉下臉罵我，「在人家的家不吃午餐，妳就是不給人家面子。」對我來說，這句話一點都不合邏輯。吃飯和面子有什麼關係？吃了然後嘔吐，會損人家的面子更大吧！還壞了我的腸胃呢！我覺得媽媽講話從來沒有思考到她的話是否合邏輯。

才見面就如此火爆，實在很難想像。哥哥家用餐如同多數台灣人家庭，邊看電視邊午餐。雖然我沒有吃午餐，但電視新聞正在談政治，音量又大得驚人（可能也因應媽媽的大嗓門），在那兒的每分鐘對我無疑都是嚴重的酷刑。

稍後，媽媽要我在爸爸的牌位上香。爸爸走後，我的家人決議將爸爸的牌位放在哥哥家，以便嫂嫂早晚祭拜。（很奇怪，不是兒子該祭拜的嗎？）

這是我返回台灣後第一度和媽媽交手，情況如同預測。

事實上，為了避免被媽媽罵，我特地做了一些準備。媽媽最在乎穿著，我每次都因為穿自己喜歡的衣服被她罵，爸爸也和我一樣，為了穿他喜歡的衣服被媽媽罵一輩子。因此，這次回台灣前我還特別花錢買了幾套衣服。穿著那樣好看的衣服，在炎熱濕悶的夏天輾轉去探望媽媽，讓我不舒服到極點。這次我雖然學聰明了，還是因不在我的哥哥家吃飯而被罵。

媽媽偏向世俗，而我反世俗，這是造成我們之間緊張的關係之一。文化在母親和女兒之間的影響不容忽視。

換成安妮塔，她會說：「如果妳不想吃，就不要勉強。食物是讓人快樂，不是壓迫人的。妳不需要為了取悅別人而犧牲妳自己，就算這個人是妳的父母，妳的老闆，妳的教授，妳的配偶。當妳不想吃時，就千萬別吃。」食物如此，穿著亦是。既是如此，怎會衝突？

女兒不如孫女

媽媽總是看不慣她的兒子下廚，做家事，她不認為弟媳白天工作，回到家有免做家務事的權利。我不知道媽媽的觀念從哪兒來的，男人在外工作一天回家需要休息，女人卻不必，這是什麼道理？

有一天，我和朋友剛從蘇澳的溫泉出來，剛好手機放在口袋，正在震動，我拿起來一看，是妹妹打的，而且不只打一次，已經打了三十次。

妹妹著急的說她找我三天了。「妳怎麼都沒接手機？」

「手機沒響啊！」我在美國期間，已經多年沒使用手機，我壓根兒不知道該如何使用手機。這個手機是妹妹因我回來台灣給我臨時使用的。我不知道她把手機改成震動取代鈴響。

「媽媽今天下午要動手術，妳晚上照顧媽媽，好不好？」妹妹問我。

「行。我下午就回台北。」

那天晚上我和妹妹一起到亞東醫院。媽媽的手術還沒有完成，脊椎手術是大手術，連續開了七個小時的刀。

兄嫂、弟弟、妹妹的兒子都在那兒。十一點時，媽媽被推出來了，一下子，大家也都各自回家去，獨留下我在醫院照顧媽媽。

向來對醫院陌生的我，以為媽媽在那麼長久的手術後一定疲憊不堪，大概會一覺睡到天亮。我連續在宜蘭公開演講三天，第一個晚上住在廟裡，和師父聊天到半夜。第二天一大早又和師父聊天，然後就趕著去演講。演講結束，主辦演講的朋友陳清枝副校長很熱心的帶我參觀公辦民營的綠化校園，又和他的一些朋友一起聚會，那天晚上演講完，我住在清枝家，我們又聊到半夜。

第三天，我想離開宜蘭很久了，就邀約清枝的太太一起到礁溪泡溫泉。

連續三天的活動下來，我幾乎沒有睡眠，可想而知的是我在醫院睡得很熟。這件事引起媽媽的不悅，說哪有照顧人的人自己睡得比病人還熟。

「媽媽，可是哥哥安排妳開刀的日期，並沒有知會我，我是臨時被徵召來的。」我解釋。

那天早上在為媽媽的早餐吃什麼時，我們有了小小的爭執。我看了醫院的牆壁上手術後的飲食規定，告訴媽媽她需要吃的東西。媽媽拒絕，說她只要番薯稀飯配上嫂嫂買的罐頭。

「媽媽，妳現在住院，需要遵從醫院的規定，身體復元才會快。」媽媽不理會我的解釋，堅持要吃她要吃的東西。媽媽的固執，不比一個頑固的小孩還少。

我到醫院的餐廳買了各式青菜和五穀稀飯及番薯稀飯讓她挑選。媽媽看到青菜，就說：「我不吃青菜。」

「可是，媽媽，青菜有纖維，會幫助妳的腸胃蠕動，對身體復元好。這是醫生的規定。」

「青菜有什麼好？還要咀嚼。罐頭不必咀嚼就可以吞下去。」媽媽還是堅持罐頭好。我懷疑，是否我太乖，太依從醫師的規定，才惹起媽媽的不悅？

當我要把病床搖高，讓媽媽可以坐起來吃早餐時，我不懂如何搖高病床，就到對面病房問人。

對面病房的人來幫忙。他說：「妳媽媽的病床不是手搖式病床，對不起，我不懂。」於是，我找護士來教我。

為了我不會調整病床，媽媽不高興了一整天。她不斷的說我笨，罵連我哥哥正在上大學的女兒都不如。「連心儀都懂怎麼調病床，妳是大人，居然不懂。」

「媽媽，這病床是電腦式的，我沒用過當然不會，何況我沒照顧過病人，怎麼會呢！但這不要緊，不懂問人就可以了。」雖然我這樣解釋，但媽媽無論如何都不接受。媽媽覺得我笨得太過分了。

那天嫂嫂稍後來看媽媽，媽媽一直抱怨我有多笨給她聽。我覺得媽媽使性子使得太過火了。

離開醫院後，我不禁質疑，照顧病人很難，照顧媽媽這樣挑剔的人更難，我能勝任嗎？

接下來，我連續在宜蘭教課，兩天後到醫院探視媽媽，她又埋怨我，說我的大妹從彰化來看她，弟弟也來照顧她，我居然消失不見蹤影。

又有一天，我到醫院輪班，接的是嫂嫂的班。很不幸的是，媽媽將所有她不滿意我的地方，一點一點的數落我給嫂嫂聽。我的心情惡劣到極點，心想，昨夜我從宜蘭教完課回到台北已是凌晨十二點多，今早就來聽媽媽罵人，當下我就想走人。

剛好那天開始，需要有人幫媽媽洗澡。「她不懂怎麼幫我洗澡的，她那麼笨。」媽媽憂心忡忡的對嫂嫂說。

一下子，媽媽又催嫂嫂趕緊回家，「妳的菜園需要澆水，快點回去做吧！」

當時是暑假，我的兩個上大學的姪女正在家裡放暑假，還有一個高中的姪女及一個國中的姪兒也在家，媽媽居然擔心嫂嫂的菜園沒澆水。

後來也聽見媽媽埋怨弟媳沒來輪班照顧她，只是來探視。「哪有女人不來照顧的？竟由男人來值夜班，這成何體統？」

我不由火大，就說：「妳兒子照顧妳是天經地義的，為什麼女人非得照顧病人不可？」媽媽當然生氣了，因為我沒有站在她那邊。我不像嫂嫂和媽媽同陣線，她們兩人覺得弟媳這樣不對。可是，這非常不合邏輯，不是嗎？媳婦和婆婆沒血緣關係，感情也不是那麼自然，為什麼媳婦非做這樣的事情不可？

媽媽總是看不慣她的兒子下廚，做家事，她不認為弟媳白天工作，回到家有免做家務事的權利。我不知道媽媽的觀念從哪兒來的，男人在外工作一天回家需要休息，女人卻不必，這是什麼道理？可是，立場換到我爸爸身上，我爸爸在田裡做得很累，他回家，媽媽還不是要他做東做西？是不是當媽媽的人在對待兒子和對待丈夫時，有不同的標準？

總之，母女吵了一場大架，那天本來我值夜班，變成大姪女來值班。至於，為什麼女兒不如孫女？其實是心理作祟，我的推測是因媽媽看不起自己，貶低自己，連帶的禍及從她出來的女兒。孫女是來自於兒子，而兒子是男性。

瞧不起女兒，也等於瞧不起自己。究竟，有多少女性瞧不起自己呢？

不告而別

自始至終，媽媽沒有和我說一句話。晚餐後，我累得在椅子上睡著了。突然，電話砸到我身上來，「妳的電話。」媽媽用電話丟我？不會吧？我愣住了。

有一天，我邀約小妹陪我南下台中演講，然後我們一起到雲林縣古坑的華山看爸爸。爸爸的葬禮以日蓮教的方式進行，因為我的大妹屬於日蓮教，而我的舅舅也屬於日蓮教，他的葬禮就以日蓮教為主，並安置在華山的骨灰塔裡。華山的山路彎彎曲曲，若沒有妹妹帶路，我自己到不了那地方。

我在台中借了主婦聯盟羅素霞的車上山。

根據妹妹的說法，媽媽希望爸爸的葬禮以傳統道教為主，大妹提議日蓮教。總之，他們最後經過擲筊，取得我爸爸的同意後以日蓮教為葬禮。小妹是基督教徒，她的教會則包了一輛遊覽車南下。

「父親節時，我們要上山來看爸爸，媽媽不准，說農曆七月上什麼山？」一路上，我們姊妹一路聊葬禮，妹妹說媽媽為爸爸的葬禮不是傳統民間儀式而生氣。「媽媽被傳統束縛太深。」妹妹說。

那幾天我們的行程很多，除了探望爸爸，還包括探視姑媽、阿姨和媽媽，並參加表姊在嘉義新居落成的喜宴，但我們姊妹有默契，「不能讓媽媽知道我們去哪兒，唯獨探望爸爸和阿姨這兩件事可以公開。」

我們抵達媽媽家時，正是媽媽村莊一年一度的重陽大拜拜，廟會的樂音熱熱鬧鬧的，但媽媽的門鎖住了，這是非比尋常的事。在我記憶中，父母從不鎖門，除非他們出遠門。

「難道媽媽不在家？」我說。

「她在洗澡。自從爸爸走後，媽媽就會鎖門，怕有歹徒進來。」妹妹說。

媽媽看到我們姊妹，並沒有一絲喜悅。我們從大林糖廠買了很多健康食品給她，她也不滿意，還拒絕接受。

自始至終，媽媽沒有和我說一句話。晚餐後，我累得在椅子上睡著了。突然，電話砸到我身上來，「妳的電話。」媽媽用電話丟我？不會吧？我愣住了。

那是大妹打來的。本來我計畫在媽媽家過兩個晚上陪媽媽，這件丟電話事件讓我覺得沒有待下去的必要。那個晚上，我在送妹妹到車站搭車後，就沒有再到媽媽家去，反倒去探訪我小學的老師。

在元月初回美國唸書前，我曾與妹妹討論，是否南下看媽媽。妹妹建議我還是別去好。「媽媽還在生妳的氣，她不會和妳說話的。以前你們都在台北時，唯有我和弟弟在家與父母同住，媽媽如果生氣，就很久都不和我說話，讓我很害怕。」

小妹小我七歲，事實上，她的成長過程我不是很瞭解。我國中畢業就北上半工半讀，但我記憶深刻，大我兩歲的哥哥小時候和媽媽吵架後，母子兩人彼此很久都不說話。最後，媽媽會向爸爸告哥哥的狀，哥哥就被處罰得很慘。

其實，哥哥的個性在五個孩子中和媽媽最相似，弟弟也是，小妹也像，但他們兩人國中畢業後在外闖蕩，個性和人際關係都有很大的轉變。我和媽媽的個性則是兩個極端。

媽媽每次就說：「每次我怎麼說妳、罵妳，妳總有話說，有道理可辯論。為什麼妳不像妳的妹妹讓我罵不回嘴，打不跑？」

「妳罵人十次有十一次沒道理，原因只是妳愛罵人。妳打人也一樣，我們都那麼好，幹嘛被妳打還不跑？」我曾經這樣頂嘴，媽媽說我無藥可救。但如果打罵有效，為什麼那些被打罵長大的人有那麼多問題？可見得愛打罵的人，只是不動腦思考解決問題的方法有哪些。說得白一點，執行打罵的人本身才是問題之首。

在我的成長過程中，媽媽一直讓我在做自己時很有內疚感。因此，本來對於不告而別這件事我於心難安，覺得對不起媽媽。這樣的心情直到我上週在朋友家過夜，讀到一本英文書，書名是：《Who's pushing your buttons?》（誰會使你抓狂~面對你生活上的棘手人物。中文版由台福傳播中心出版。）才釋懷。

從這本書我獲得的是，在生命中，我需要遠離那些會使自己抓狂的人，包括至親好友。如果無法遠離，就要去解決。這個結論雖然安妮塔也曾經教過我，「遠距離的愛」。但因受制於文化的影響，我遲至二〇〇八年的感恩節前夕才豁然開朗。這也同時解開我即將返台的不安。

姊妹大不同

媽媽責備妹妹時，不管有理無理，反正妹妹就是閉嘴。可是她從媽媽這兒受的內傷很深，讓她很畏懼面對外界，很膽小，就是缺乏對自己的認同和信心。

不知道是什麼原因，我家附近的兩家超市關門大吉，還有傳統小雜貨店也沒了。這讓離家數年，初抵台灣的我不知道該到哪兒買食物。妹妹在她家附近超市幫我買食物送來。我們姊妹終於有機會坐下來長談。我打開窗，談及我對母親的感覺，以及從小就不以為然的教養觀，還有那些禁忌對我的影響。

妹妹是媽媽口中從小最乖、最沈默的孩子，從來是罵不還口，打不跑的那個乖小孩。

「為什麼那麼逆來順受？難道妳接受父母對妳的教養嗎？」我問她。

「我怕惹父母生氣，尤其是媽媽，一對子女生氣就氣很久，她慣用的方法是不和這個孩子說話。」所以媽媽責備妹妹時，不管有理無理，反正妹妹就是閉嘴。可是她從媽媽這兒受的內傷很深，讓她很畏懼面對外界，很膽小，就是缺乏對自己的認同和信心。

「既然妳不認同，為何還默默接受？」我疑惑的問。

「我是不敢反擊。我怕。我和妳不同，妳每次被罵就像打球一樣，球來就打回去。妳戰鬥力旺盛，而且妳向來那麼有自信心。」妹妹說。

「可是，我也受傷。妳受的是內傷，我受的是內外傷，比妳多一層。問題是，如果我不認同，就算多受傷，我還是要打回去。」我說。那一夜，我們姊妹談了幾個小時，後來兩姊妹抱著痛哭。

小妹的個性和我不同。我們處理事情的方法也不一樣。妹妹幾乎從小就是安安靜靜的，直到她進入教會，積極的參與教會的活動後，才開始蛻變。

這是我們第一次針對我們的原生家庭最深入討論的一次，對我們兩人具有療傷的作用。

有一個朋友和我喝了一整個下午的咖啡，又到我家聊天到深夜。她對我說：「丘引，我看過妳寫的文章，妳這樣的成長背景還不算悲慘，妳知道我怎麼過的嗎？」

這位朋友的媽媽和爸爸年紀相差很多，「我媽氣我爸爸的時候，就把我們幾個兄弟姊妹關在一個外面的黑暗小儲藏室，蚊子多又不通風，還不准我們回家。」那位朋友說，像那樣的例子在她家是家常便飯。

她的媽媽還會打電話騙女兒，說生重病需要錢就醫。「我告訴她，好，妳立刻搭計程車來我家，我付計程車錢，再帶妳去看醫生。」結果呢？「當然是一場騙局。只是我媽媽要錢的詭計。」

還有好多朋友都在成長過程受到媽媽或爸爸不等的傷害，卻以媽媽為多。很奇怪的是，我們常歌頌媽媽，但被媽媽傷害的女兒卻比比皆是。而這些傷害女兒的媽媽，事實上自己也是受害者。

有一個朋友從台大畢業，她的媽媽來參加女兒的畢業典禮，卻說：「如果這是妳哥哥的畢業典禮就好了，妳祖父一定會很高興。」這個朋友很不解的是，她的祖父已經過世很久，媽媽卻仍然活在取悅公公上打轉。

我相信，有許多媽媽都有意或無意中傷害她們的女兒而不自知。也許，在她們的內心底層的自我意識薄弱，自尊心低，在貶低自己、壓抑自己時，也壓抑自己的女兒。

媽媽對待她的孩子態度上應該都不一樣。除了性別因素，個性愈像她，價值觀愈符合傳統社會規範的，就愈能得到媽媽的愛。例如我的哥哥，他做事非常嚴謹，不喜歡往外跑，沒有很多朋友，他就是媽媽最愛的孩子。大妹很懂傳統社會的要求，也一路照著傳統走，她在三姊妹中，也博得媽媽最多的愛。

我呢？因為要做自己，要成就自己，所以我不但是媽媽眼中的醜小鴨，還是大烏鴉，連分杯羹的愛都奢侈。我沒有後悔，因為我看到我付出的代價，換來了女兒寂琦的自信和快樂。

傳統女人的命運

有一個朋友說，她的女性朋友有一半以上和媽媽的關係欠佳。還有一個朋友說，她的女性朋友中，也有許多和媽媽關係很火爆的，有的甚至影響到婚姻或得憂鬱症。

我和一個四代同堂的朋友聊天。她年紀輕輕，卻上有公婆，更上一層樓則有爺爺，還有她及丈夫，加上她的兩個孩子。她告訴我，自己每天掙扎在小媳婦和做自己的空間夾縫中。因為她婆婆的個性和我媽媽的個性如出一轍，兩人年紀也相仿，簡直像極了雙胞胎，唯一最大的差異是她的婆婆受過高等教育，但實質上並無差別。兩個個性迥異的女人長期撕扯，再加上代溝和權威，雖然同住一屋簷卻無話可談。「直到她中風，無法自己下床解尿解屎。護士、子女和她的丈夫均撒手不管，只剩我守在她的床邊，為她做所有別人不肯做的事。後來，在病床上，她吃力的寫著：『感謝這個家有妳，妳很重要。』」

同一天，我在長庚醫院的候診室聽到兩個女人對談。年輕的說她動過不少手術，幾乎遍體都是。「我很懷疑是否我的祖宗是以殺豬為業，所以我才受這麼多刀的苦。」

我一時興起，問她的生命旅程。

「我十五歲在割稻隊被我婆婆看上，就娶入門。我不識字，每天要養很多豬。我得養四個孩子，所以割稻季節，我背著兩大包的稻子跑在稻田裡。我又做水泥工，在建築工地，常扛著沈甸甸的水泥爬六樓以上。」

「妳是工作過度，把脊椎壓壞，又營養不良，加上缺乏適當休息，才把身體搞得這麼慘，這和妳的祖宗是否殺豬無關。」我對她說。

這個女人才大我十歲，看起來卻老態龍鍾。我很同情她的一生。她的丈夫偏寵兒子，把兒子寵壞。公公又對孫兒孫女有極端差別待遇。如今，她每天為兒子照顧孫子，還為兒子一家做飯洗衣打掃家庭，她的身體從沒好好休養過，病痛時她靠的是女兒的照顧。

年老的那個女人才七十二歲，卻也老邁得很，比我早上在植物園做運動時看到的幾個九十歲老人看起來還老。這個女人有兩個兒子和一個女兒，她生病要上醫院時，兩個兒子說要排班輪流載送媽媽到醫院，但女婿不說一句話，只要丈母娘開口就載。

「我的女婿沒有在工作，幾年前他的肝因長期吃檳榔而割掉一大半。他們家的經濟由我女兒一人撐住，她做小生意。」這個女人說。

另外，我和幾個朋友討論她們和母親之間的關係。

有一個朋友說，她的女性朋友有一半以上和媽媽的關係欠佳。還有一個朋友說，她的女性朋友中，也有許多和媽媽關係很火爆的，有的甚至影響到婚姻或得憂鬱症。還有一個朋友和媽媽關係不好，透過催眠試著改善。

一個三十幾歲的朋友帶我到她家，她的媽媽只大我三、四歲，卻把幾個二、三十歲的孩子當小嬰兒。她每天不斷用手機催促孩子回家吃晚餐，也不許孩子晚上外出。

「回家吃飯不用花錢。住在家裡也免費。」這是那個媽媽的論調。

看在我眼裡，這個媽媽其實在控制她的孩子們。她使得他們沒有社交空間，沒有個人時間，也沒有個人自由。所以，幾個適婚年紀的孩子都在婚姻外徘徊。

畢竟，天下哪有免費的午餐？家裡的菜還不是菜市場買回來的？房子不也要繳房屋貸款、房屋稅和地價稅？可是，台灣傳統女人的觀念，藉由一些缺乏邏輯的思考來控制她們那些已經接受高等教育的孩子們。然後，將來她們的孩子再複製這個法則去控制下一代。

別當家庭主婦

家庭主婦總是擔心丈夫，擔心子女，即便孩子都已經長大成人，還是要擔心子女是否穿暖，是否吃飽。她們有比較大的成分，不讓子女長大。因為長大就控制不了。

如果我寄台灣的朋友和我一起用餐的照片給安妮塔，她會說：「這些食物看起來很美、很可口，但可能需要花很多時間來做。這樣對女人的負擔太沈重。從另一方面來看，現在是速食品的時代，太過快速也不好。快速把一些過程都省掉了，人際之間的情感就疏遠了，對食物的感情也淡薄了，連帶的文化也受到影響。」

接著，安妮塔說了一個故事給我聽，這是真實且發生在她周圍的故事。

有一個九十二歲的媽媽，她做了一輩子的家庭主婦。她只有一個孩子，現在已經五十九歲，而且這個老孩子已經從老師的工作崗位退休了。

這個媽媽的丈夫年紀和她相仿。從年輕開始，她就視丈夫為她個人的奴隸，要她的丈夫做這個做那個，全聽憑她的旨意。很可惜的是，這個媽媽雖然只有一個孩子，但她對她唯一的孩子還是非常的「旨意」，英文說法是Mean。這是很負面的字眼，表示這個人極難相處。

這個退休老師一輩子最痛苦的事情是必須和媽媽見面。不幸的是，父母都已經九十二歲了，他們自己無法開車，所以，每星期得由女兒開車帶他們上超市購物，上藥局買藥，或就醫等。

每見一次面，就痛苦一次。對她來說，只要和媽媽在一起，就是折磨。媽媽所說的每句話都讓她不舒服，「每句話都是罵人，都是毒。真搞不懂，怎麼有人會把語言搞得這麼糟。」那女兒每次都打電話給安妮塔，向她訴苦。

「妳得寫一本書教老人如何善待子女。妳最懂老人的心。」那個退休老師常鼓吹安妮塔寫書。

「如果每個老人都像妳這麼可愛，這樣好相處，如此幽默，愛開懷大笑，這個世界就太平了。」

安妮塔告訴我，她從年輕時就認識這個退休老師的媽媽。每次她到醫院來，就是抱怨。她的人緣非常的不好。

「為什麼她會這樣呢？」我不解的問。

「和個性有關係。每個人都有個性，而每個人的個性都不同。她的個性屬於負面居多，加上她一輩子當家庭主婦，而家庭主婦屬於任勞任怨的行業，她們做很多瑣碎的事情，卻不容易被發現，也沒有被重視，所以沒什麼成就感。」

也許，安妮塔說得對。我有一個七十幾歲的美國朋友，她結婚時，丈夫和她商議，婚後讓她在家當家庭主婦，因為丈夫成長過程中，媽媽是職業婦女，他放學回家總看不到媽媽。因此，他希望自己的孩子放學回家就有媽媽在家等，就有熱騰騰的晚餐吃。

有一次，我問她，如果生命可以重來，她最想做什麼、最不想做什麼。她居然說，最想當護士，絕不當家庭主婦。

「為什麼呢？」我問。

「家庭主婦做的事情人家看不見，又忙又累，人家卻以為家庭主婦最輕鬆，是閒閒美代子。家人不重視家庭主婦啊！家庭主婦在家裡也沒有地位。護士雖也是照顧人的工作，但有職業尊嚴，有成就感，有豐厚的收入，還有退休金。」她說。

「可是，為什麼妳的孩子長大後，妳沒有去工作？」

「我四十幾歲時去上大學。畢業後就到西爾斯百貨公司工作十年，取得社會安全的老年基金。然後我就留在家裡到現在。」她的說法我能理解。當了一輩子家庭主婦，工作很無聊，又沒有太多朋友，想逃，所以去上大學。但工作十年，又覺得工作好像也不是那麼的好玩，所以又留在家裡。這雖與年紀有關，但也與習慣和思考息息相關；也許，更和她錯過年輕時可能的夢想，當一個護士的機會溜走有關。不過，美國是到處都是機會的國家，如果她真那麼想當護士，她重回大學時可以主修護理，那麼，五十歲或六十歲開始當護士也不遲。

「家庭主婦的世界很小，人際關係有限，她們所交往和認識的朋友，大致上局限於過去的同學、朋友和家人。連帶她們的想法和觀念變更速度比職業婦女還慢。她們的情緒得以紓解的機會也相對的少，尤其關心的對象與事情就在家庭的成員上，以丈夫和子女為主。既是如此，就會想要抓住，只有抓住，她們才有足夠的安全感。抓住，就是控制。可是，為什麼要控制？因為擔心。家庭主婦總是擔心丈夫，擔心子女，即便孩子都已經長大成人，還是要擔心子女是否穿暖，是否吃飽。她們有比較大的成分，不讓子女長大。因為長大就控制不了。」安妮塔為我分析家庭主婦的心情。

「尤其是傳統的家庭主婦，在農業時代，她們的世界更窄，只有家族而已，連朋友和同學都沒有。她們基本上是被社會孤立的。她們的社會資源有限甚或沒有，所以家庭主婦沒有安全感。像我的媽媽，她是校長，還要做很多家事，她每天忙得不得了，根本沒時間管我們，自然也沒時間控制我們。她一輩子沒擔心過子女啊！」安妮塔說她自己從沒有擔心她的兩個兒子，也沒擔心他們的婚姻，至於孫子女，當然也不擔心。

「為什麼妳不擔心妳的孩子？」雖然我自己也不擔心我的孩子，但我還是好奇安妮塔是在什麼樣的基礎下，沒有掛念憂慮子女。

「每個家庭，有人需要五個月至八個月與剛出生的嬰兒日夜相處，至少應有一個成員，不論是爸爸或媽媽，全職陪孩子長到五歲。此時，孩子的基本人格都已經塑造完成，就不必擔心了。相反的，如果如妳所說，有許多台灣父母在孩子出生後就送去給祖父母照顧，數年後才接回與父母同住，已經失去塑造孩子人格的時刻了，父母當然容易擔心孩子。」

我曾帶一些台灣孩子到安妮塔家，她看到其中一些孩子無法自理生活，問我怎麼會這樣。我告訴她，孩子的媽媽或祖母代替孩子做所有他分內的事，父母或祖父母只要孩子好好讀書。還有的孩子與祖母一起住，只是偶爾與父母相處。

「年輕父母忙賺錢，祖父母提供照顧孫子女的服務。」安妮塔聽到這樣的說法忙搖頭，說照顧和教養孩子是父母的責任，祖父母只會寵孫子女，加速孩子毀滅。

回到我媽媽身上，我媽媽是全職家庭主婦，是安妮塔口中傳統農業社會的家庭主婦，一個被社會隔離，沒有社會資源和支持的卑微女人。我們覺得沒什麼事情，但她就是忙，連上餐桌都沒同桌過，總是在大家都快吃飽時才上桌，卻又說她命苦。我們幫不了她的忙，哥哥曾經拉媽媽上桌與我們同桌吃飯，但她在餐桌上總顯得坐立不安，說她還有很多事情沒做完，我們就說：「嘿！不會有人偷去做，妳瞎操什麼心！」

我猜，媽媽總要等大家吃飽才上桌，可能與傳統時代的規矩有關。如男人先上桌，吃完了才由孩子上桌，最後的殘羹剩飯才是女人的份。媽媽雖沒在有公婆家庭過一天，但她的思維被這個傳統限制住了。爸爸就曾不滿的對媽媽說，她是餐桌的壞榜樣。

還有，我的媽媽總是擔心不停。就像她會對我的子女說，她多麼的擔心我在美國唸書……而她的擔心根本是多餘的，因為，她沒有能力幫助我，任何人也沒能力幫助我，只有我自己能解決我的問題，對不？誰能幫我讀書？誰能幫我考試？那是我自己的責任，媽媽的擔心是自找麻煩。

另外，我覺得在我們的文化上，總以為媽媽的擔心是代表對子女的關懷，對子女的愛。這可能讓一些媽媽習慣擔心，因為不擔心子女會有罪惡感，表示不夠關心子女，不夠愛子女。例如我看過一支電視廣告說「媽媽心，豆腐心」，這是非常成功的一個廣告，讓那個牌子的豆腐業績成長迅速。廣告的背後闡述的是文化思維，這就是最明顯的控制媽媽的例子。

如果一個媽媽對孩子的擔心太多，她們能快樂嗎？或者敢快樂嗎？是否快樂也讓她們有罪惡感？既然不敢快樂，就只能自我虐待了。而自我虐待的人，也同時會虐待他人，就像是被婆婆虐待的媳婦，熬成婆後會虐待媳婦一樣。我的媽媽雖然沒有公婆，但她不敢對自己好，連吃飯這碼事都是小媳婦的樣子，這可能也是她看不下我不虐待自己，讓她不滿吧！

有很多次，我媽邊做邊叨唸，我說：「媽，其實妳可以不必做這些，如果妳不快樂的話。」

我媽當場反駁，「我又不像妳，我哪有妳那麼好命。」這是什麼跟什麼！

這是惡性循環，為什麼我們不阻止呢？

最後，安妮塔對我說，不論如何，千萬別當家庭主婦。我是一個非常外向的人，雖然我親自陪著我的一雙子女成長，但也與我是自由作家有關。作家的時間能自由調配，有很多時間和子女一起。家庭主婦這個念頭從來沒在我腦袋停留過。我想建議女性，如果妳想當家庭主婦，一定要讓自己心理平衡。至少，要讓自己做些事獲得成就感。否則，於己不利，對家人也不是很好。但如何讓自己心理平衡？當然要看重自己，要知道自己的價值。

妳還是要愛妳的媽媽

妳永遠都不可能改變妳的媽媽，那是她生活七十幾年的方式，早就定型，妳就讓她維持她的方式。妳媽媽的想法也不會因為妳而轉變。尤其她的生活圈子小，認識的人有限，這些都形塑她的個性。

在台灣的五個月期間，我最常和安妮塔在美國線上聊天。她是夜貓子，所以雖然我們分別居住在不同的國家，但我們彼此沒有時差。

安妮塔聽到我媽媽對待我的態度後，她深以為憾。「雖然如此，妳還是要愛妳的媽媽。」安妮塔不斷的向我強調，愛媽媽是多麼的重要。

「不過，妳可以不喜歡她。」安妮塔說。

「媽媽命令我蓋章給我弟弟。」有一次我越洋向安妮塔說爸爸遺產的事情。

「當然不能蓋。沒有人有權力要妳放棄妳的權利。妳必須為維護自己的權利而奮戰。而且，對待子女不公平也是不對的事情。妳的弟弟也不能獲取從姊姊那兒剝奪來的利益。」安妮塔不懂華人的長輩威權文化，一旦你不屈從父母的主意，他們就生你的氣。安妮塔更難以明白，如果你的手足無法要你犧牲你自己的權益，讓他們獲取從你的犧牲得到的不當利益，他們也要生你氣。

在西方國家，人人有權拒絕別人不當的請求。說「不」是從小嬰兒就開始的教育。例如有一次我到朋友家，他們的兩歲女兒正在玩玩具，我問小女孩，我可以和她玩玩具嗎？小女孩立刻回答，「不。」而且眼神瞪著我。小女孩的祖母當時也在場，她當場就對小女孩說：「妳不讓她和妳玩玩具是OK的。」換句話說，這個祖母是肯定孫女拒絕的權力。換了我們的文化，父母或祖父母可能就對小孩數落，說：「妳這個小氣的傢伙，連大人要和妳玩玩具也不肯。」

可是，在我們的華人文化裡，說「不」時常有罪惡感。尤其是對父母或長輩或手足說「不」，更像是不懂人情世故。就算你百分之百不願意，你也得違背良心的說「是」。例如你的兄弟欠錢，需要借錢還債，若是找上門來，你不借錢給他時，你在親戚之間可能就被貼上一個難聽的標籤了。

當我談到在醫院照顧媽媽所面對的困難，安妮塔會以專業人士的角度分析給我聽。「人生病的時候，會變成完全不同的人。面對完全不同人格的人，應該更具包容心，包容病人的任性，因為病人身處在痛苦的漩渦中，失去了他們的理性，因此，妳不能與她一般見識。

「照顧病人是非常專業的工作。妳從來沒有照顧病人的經驗，要照顧病人已經很難，何況妳要照顧的是家人病人。妳得知道，照顧家人病人與照顧一般病人又有程度上的不同，家人病人是最難照顧的。」安妮塔也告訴我，她在醫院工作那麼久，認識很多人，平時性情好好的，可是一旦住院了，就變成非常難相處。「判若兩人」，是安妮塔對病者的最佳註解。

「妳永遠都不可能改變妳的媽媽，那是她生活七十幾年的方式，早就定型，妳就讓她維持她的方式。妳媽媽的想法也不會因為妳而轉變。尤其她的生活圈子小，認識的人有限，這些都形塑她的個性。」當安妮塔這麼說時，我問她，那這樣我怎麼和媽媽相處？我們連在一起幾分鐘都很困難，因為媽媽一直要控制女兒。

「妳可以用長距離愛她。這個意思是愛她，也讓她知道妳愛她，但保持一個長距離，而不必刻意在一起。相愛的人不一定要常相隨，妳應該明白，有些人本來就很難相處。保持遠距離的愛，這樣妳的媽媽就無法控制妳。不論如何，妳一定要活出自己的世界，而不受妳的媽媽的控制影響。」

我還在思考，安妮塔的遠距離的愛該如何執行？我沒有逃避媽媽，我只是不願意自己落入負面的思維生活中。安妮塔遠距離的愛，正和「父母在，不遠遊」的傳統背道而行。承歡膝下或「老萊子」的價值觀還深植人心，遠距離的愛恐怕窒礙難行吧！雖是如此，但安妮塔的看法，似乎解除了我的心防。

CH3
讓自己過得更好

吃多，不一定好

嘿！什麼事情都要平衡，妳修太多課了，貪多不好，適度最棒。妳不能把所有時間全花在讀書上，生活也很重要。而讀書與生活一定要平衡，路才走得遠。

二〇〇七年我修了暑季課程，一共三門課，在兩個月的課程中，我忙得非常混亂，像是被趕鴨子上架。我付出了高昂的代價，也從自己的錯誤中學到一些東西。在給安妮塔的電子信中，我告訴她我忙亂的程度。很多時候我回到家天色已經黑了（喬治亞夏天天黑是晚上九點），肚子餓得慌。但第二天早晨又有七點半的課，沒時間烹飪，又不喜歡外食，我就囫圇吞棗，泡麵加一個蛋加一些青菜，就是我當天最豐富的一餐。

「嘿！什麼事情都要平衡，妳修太多課了，貪多不好，適度最棒。妳不能把所有時間全花在讀書上，生活也很重要。而讀書與生活一定要平衡，路才走得遠。

「修太多門課，要同時兼顧好成績，有時候相當困難。」安妮塔說。

的確，我的大部分同學暑季課程只修一門課，有的人還特別修最簡單的課程，讓暑季課程既可以拿到好成績，也有度假的感覺。

安妮塔問我，為什麼我要修那麼多課？

「春季課程快近尾聲時，我到學校的財務中心諮商，問校方可否幫我付學費？如果學費有著落，我就修暑課。我拿的獎學金不包括暑期課程。結果呢，財務中心的人員查了我春季課程的成績，我的成績不錯，說我暑季修多少課程就給多少費用，上限是十二學分。言下之意是我修愈多課，校方就幫我付愈多學費。所以我當時的想法是，既然有人要幫我買單，真是再幸福不過，不讀白不讀，反正我本來就愛讀書。」我在電子信上解釋。

「人生不是這樣的。很多事情急不得，需要慢慢來，這樣才能消化。唸書也一樣。妳把自己的課業壓力搞得那麼重，萬一身體搞垮了，不是什麼都沒有了嗎？」

同時，安妮塔還說，萬一我的成績欠佳，「我不會說什麼，這本來就是很難的課程。」她貼心的為我找了下台階，就算考不好，都是ＯＫ的。

安妮塔當學生時，她的成績都是全Ａ的，還是榮譽畢業生。但她沒有以自己的好成績來要求別人也需要有好成績。

下一次，安妮塔說，即便是很有興趣的事，也要平常心對待，以免壞了胃口。

我沒有告訴安妮塔的是，我把自己搞得七葷八素的其中一個原因是，我有一門課是跳級的。因為春季成績很好，所以我考跳級試通過，就跳級上這一門課。

若是平常的春季或秋季課程，因為時間長達四個月，跳級應該比較沒那麼吃力，有時間磨。但暑季課程只有兩個月，教學速度非常快，對困難的課程殺傷力就很大。

期末考完，我上網查了成績，三門課中，有兩門Ａ，一門Ｂ。跳級的這門課就是Ｂ。我給安妮塔寫電子信，說：「真慘，兩Ａ一Ｂ。我本來的計畫是拿全Ａ的，不符我的目標。」她的回信真好玩，居然是，「那麼難的課，要是我拿到Ｃ，我就很開心了。」這下子，安妮塔趁機教我，愛我所擁有，要學會滿足，這樣才容易幸福。

隨心所欲

安妮塔學吃陌生菜，都是從我這兒來的。她說我專門吃陌生的菜，例如她沒吃過豆腐，上回我帶豆腐來給她，她問我板豆腐該怎麼煮，我要她以自己的想像和文化煮豆腐。

在暑期期末來臨之前，我又給安妮塔寫電子信，想在秋季開學之前，暑季課程結束的這二十天假期拜訪她。但我也想要挪一些時間住在她的兒子和媳婦，亞倫與貝蒂的家。

很快我就收到回信，一如以往，我隨時可以到她的家去。

「我將於星期三太陽下山前到達。星期四中午，我想邀妳上餐館用餐。妳可以選妳最喜歡的餐館。」安妮塔的八十歲生日是六月二十七日，那時候我正被暑季課程搞得七竅生煙，根本忘記她的生日，等我想到時，已經過了一星期。這次請她吃飯就是補慶祝八十歲生日。

她很開心的答應，並說已經挑好她最喜歡的那家美國南方餐館。

我喜歡旅行，但我從來不喜歡從A地直接到達B地。例如搭機，我喜歡轉機，轉機時，可以在中途旅行。我的旅行都是一大早出發，但幾乎都在黃昏前到達，原因是我夜間開車視力差，方向感也弱。所以太陽下山前開車，太陽下山後就是休息時間。為什麼是黃昏前抵達？就是我喜歡中途臨時在某些地方停留。

例如我從安妮塔的家回我家，我離開她的家後，到了羅馬市中心，就會在Barnes & Noble書店停留。我會在書店看書、買書幾小時，才繼續上路。中途我又有可能停留幾次，有時買菜，有時到另外的書店再看書，有時在某些漂亮小鎮逗留。

同樣地，這次從我家出發，我在我的大學圖書館看書、寫稿、寄稿，又拜訪我的老闆，踏上旅途時已經一點半了。這一路都是順路上去的。下了高速公路後，我經過一個小鎮時，發現了慈善機構Goodwill，就在那兒停留，買了十幾本書，其中有兩本要送給安妮塔，一本是《200個長壽的食譜》，另一本是《讓老年活得更健康》。

慈善機構的書都是人家捐的，因此價錢很便宜，精裝本的書，一本才二點五元美金，平裝本是一點五元。雖然不是新書，但大部分的書仍然都非常新，原因是美國人愛書，也保護書。美國人看書的習慣也很好，很少人會摺頁或畫線等。

當我在黃昏前到達時，安妮塔說她早就望著窗戶注意開過的車子，「但我沒看到妳的車。」

我很不好意思，每次我總是開太快，開過她的家，才又折回來。

安妮塔看到這兩本書時很喜歡，立刻翻閱《200個長壽的食譜》，「嘿！這本書說，地瓜葉是健康菜，地瓜葉真的可以吃嗎？」

「百分之百，我們台灣人吃很多地瓜葉呢！不過，我家從前種番薯、賣番薯，但我們的番薯葉只給豬吃，我是到台北讀高中後，才開始學台北人吃地瓜葉的。」

「還有，南瓜葉居然也是健康菜，妳吃過南瓜葉嗎？」安妮塔問我。

「上星期六我才在一個朋友家吃南瓜葉，這是我第一次吃，以前我也不懂南瓜葉可以吃，而且居然那麼好吃。只要放油、薑絲和蒜頭一起炒，就非常的可口。」我的一個朋友自己種南瓜，她說服我南瓜葉不但可以吃，而且很好吃。我吃了之後，就愛上了。

安妮塔學吃陌生菜，都是從我這兒來的。她說我專門吃陌生的菜，例如她沒吃過豆腐，上回我帶豆腐來給她，她問我板豆腐該怎麼煮，我要她以自己的想像和文化煮豆腐。結果安妮塔將豆腐切成薯條方式，用油下去炸，吃起來硬硬乾乾的。從此她絕不吃豆腐。「不好吃。」她說。

「豆腐的食譜有不下一百種之多，妳得看看其他的豆腐食譜做出來有多可口。而且豆腐也有很多種，嫩豆腐、家常豆腐、傳統豆腐、臭豆腐、豆腐皮、豆腐乾、豆腐乳……」

這回我帶一條苦瓜和空心菜來。苦瓜是一個朋友給我的，空心菜是從我的菜園採來的。我用火腿炒苦瓜，用薑絲和蒜頭炒空心菜。安妮塔吃第一口苦瓜時就皺眉頭，直呼「太苦了」。

「Michelle和Leo喜歡吃苦瓜嗎？」Michelle是我的女兒，Leo是我兒子。

「百分之百不喜歡。小孩子幾乎都不喜歡苦瓜，但長大後就愛上了。因為苦瓜雖苦，經過喉嚨時卻會變甘，很好吃，是夏季清涼退火的好菜。」安妮塔雖說苦瓜不好吃，但卻把她盤子內的苦瓜吃得精光。

倒是空心菜，她一吃就喜歡，還問我那是哪一種雜草？美國人的青菜很少有葉菜類，對於有葉子的青菜，她就以為是雜草。

「下次帶妳的食譜來讓我學習。我不要用我的食譜煮妳的菜。我得用妳的食譜煮妳的菜。」

八十歲的安妮塔，就像六歲的小孩，對於陌生的、新奇的東西，她的好奇心沒有停止過，但她也接受自己八十歲的事實。

堅持做對的事情

為了做自己，即使眾人說妳錯，妳還是得堅持。做對的事情，就算大家都說錯，妳還是不能投降。至於什麼是對，什麼是錯，自己要有足夠的能力分辨是與非。

這回，我又跟著安妮塔到監視體重公司。不同的是，我參加她的半小時課程。來參加課程的人約三十人左右。安妮塔和每個人都熟。「這個課程每星期一次，大多數的人都會來。」然後，安妮塔介紹我認識每個人。

「吉米是退休的老師，三年間他依監視體重公司的方法，減了八十七公斤。現在，只要吉米保持目前的體重，他每星期來上課是免費的。」安妮塔介紹一個滿臉皺紋的先生給我認識，他忙著和其他人分享透過飲食控制減肥的過程與方法。我猜他的皺紋是從肥胖而來的。

還有安妮塔的朋友派西，在兩年間瘦了二十公斤。她的臉形瘦削，看起來很漂亮，比她工作服上掛的幾年前拍的照片還年輕很多。

安妮塔從二月加入，六個月之間，她共瘦了十公斤。「我是很難得消瘦的人。自從我二十七歲拿掉子宮後，體重就上升，然後下不來。」話鋒一轉，安妮塔述說她的手術次數。

「十二歲時我得闌尾炎，動了手術。頭胎很難生產，最後為了保住母子，剖腹生產。生第二胎時嬰兒的頭沒有轉下來，又剖腹。二十七歲時，子宮下垂太嚴重，很痛，只得拿掉。然後是膽囊，沒有拿掉會死。」雖然安妮塔歷經那麼多手術，她告訴我，沒必要的話，絕對不要拿掉身體本來擁有的器官。

「拿掉後就會影響身體的細胞，有很多後遺症。」她說。

從這兒我們將話題轉到台灣女人生產時，有的會選擇良辰吉時剖腹，認為這樣對孩子的將來比較好。安妮塔說，那是迷信之說。

「孩子該來時就會來，『自然產』對母子都最好。都二十一世紀了，還有人這麼迷信嗎？」

「剖腹生產是不得已的，怎麼會有人願意剖腹，拿自己的身體開刀，只是為了迷信，大可不必。」安妮塔說。

「還有女人沒有用母乳餵哺嬰兒，她們害怕親自餵哺孩子母奶後，胸部會下垂，這樣丈夫會喪失對她的性趣，影響夫妻的感情，丈夫會有外遇等，因此改以嬰兒奶粉代替。」我為安妮塔解釋台灣女人特有的乳房情結。

安妮塔深深不以為然，說女人的胸部本是為餵哺嬰兒來的，不是為吸引異性或丈夫而設的。

「餵母乳，對媽媽和嬰兒都好，母乳的抗體最好，孩子吃母乳較健康。」安妮塔說，如果男人有外遇，女人的胸部只是藉口。「千萬別上男人的當，他們只是幼稚不成熟。」

每個人都得做自己。為了做自己，即使眾人說妳錯，妳還是得堅持。做對的事情，就算大家都說錯，妳還是不能投降。至於什麼是對，什麼是錯，自己要有足夠的能力分辨是與非。

「如果有人說妳到美國唸書是錯的，妳就任由那人說去。學習總不嫌晚，幾歲唸書都行。人要是沒有學習能力，就算活得長長久久，也沒意思啊！」安妮塔拿我的例子鞏固我的心。

安妮塔說，就像她自己一生動過幾個手術，都是必要的。要是她當時沒有動手術，她不會活到今天。因此，動這些手術就是對的。又像她參與瘦身，也是對的，因為太胖對身體不好，有心臟病等危險。「而且，像我現在已經減了十公斤，我的身體更輕，也更靈活。」

不過，做對的事情，常需要付出很大的代價。「我媽媽認為對的，對我來說都是錯的。我認為對的，對我媽媽卻是大錯特錯。我為了做對的事情，從小就和媽媽抗爭，代價不小。」我說。

「如果是妳媽媽的事情，妳不能說她錯。但如果是妳自己的事情，妳認為對的，妳媽媽沒有權利硬要說妳錯。對與錯，和個人的需求有關，也和個人的個性和時代有關。」

最後，安妮塔告訴我，做對的事情不會後悔，做對的事情心中不需要不安。

永遠樂觀

派西唯一的女兒五十歲，因車禍腦部受傷，長期坐輪椅，需要專人服務。派西唯一的孫子，她的最愛，在五歲時車禍過世了。

由於在監視體重公司遇到安妮塔的同事好友派西，安妮塔遂邀她與我們一起晚餐。

M & J Home Cooking是美國南方餐館，南方菜最大的特色是油炸食物，如炸雞、炸魚、油炸綠番茄等。我們在這個餐館大快朵頤，反正平時我也不吃油炸食物，油炸食品對我的健康影響不會太大。我笑問安妮塔和派西，這些油炸食物，等於幾個點數？根據監視體重公司的設計，計算個人的點數，身高、體重、年紀、性別、活動多寡等都列入計算，安妮塔一天可以吃21點，我是19點，派西長得很高，不知道幾點。

派西笑說：「照規定，這些食物都在禁止之列。」

安妮塔大笑，說：「今天是揮霍日。」

為什麼是揮霍日？因為剛剛已經被監視體重了，到下一個監測日，足足有七天，揮霍今天，明天再開始執行。

安妮塔介紹派西給我認識時說：「她是我工作二十年的同事，有一個女兒，三個丈夫。」

我張大嘴巴，美國不是一妻一夫制度的國家嗎？但我即時領悟，這是個性調皮的安妮塔的介紹方式。

沒想到，接下來，安妮塔繼續說：「她殺了其中兩個丈夫。」我又驚愕了一下。但派西一派斯文的微笑，可見這兩個老朋友默契深厚。

「第二個丈夫和第三個丈夫都得膀胱癌走了。」安妮塔開始解釋。

那頓晚餐，在非常輕鬆愉快下結束，因為派西需要回家照顧她十歲的狗。我和安妮塔回到車上時，她開始很認真的介紹派西讓我認識。

派西的第一任丈夫有外遇，為了和那女人結婚，就把派西離掉了。離婚後，前夫和那女人立刻結婚，同時資助那女人上法學院。那女人畢業後，派西的前夫又幫助她當上法官。派西的前夫是法院的一個高級法官。

當那女人當上法官後，她就不理派西的前夫了，兩人於是分居。前夫悔恨交加，在家舉槍自殺。

離婚後的派西，沒有因為離婚這件事蒙上陰影。她仍然天天工作，仍然樂觀，仍然開懷大笑，而且非常的幽默。後來，派西認識了第二個丈夫。兩人踏入婚姻前，丈夫已經有膀胱癌。派西沒有因為他有膀胱癌而卻步。

婚後十五年，丈夫走了。派西還是一樣，沒有被悲傷所擊倒。

長期以來，派西最大的興趣是跳方塊舞。每個星期六晚上，她在羅馬城的一個俱樂部跳方塊舞。派西在俱樂部認識了第三任丈夫，兩個人興趣一致，如魚得水般的每週末一起跳方塊舞。

第三任丈夫也是婚前就有膀胱癌。兩人結婚十二年後，丈夫走了。

派西為自己的命運坎坷而沮喪嗎？沒有。派西唯一的女兒五十歲，因車禍腦部受傷，長期坐輪椅，需要專人服務。派西唯一的孫子，她的最愛，在五歲時車禍過世了。

現在，派西已經七十歲，她仍然在開刀房做全職的工作。她告訴我，她很喜歡她的工作，工作也讓她快樂。

「派西獨居，不過，她現在和一個男人約會。那個男人不喜歡跳方塊舞，所以派西都自己去跳舞。她和男友約會、吃飯、看電影……兩個人就像其他情侶一樣，享受在一起的時光，只是沒有結婚而已。」

就華人的文化來說，派西的命運無疑是相當悲慘的。宿命的人，可能從前世開始說，派西一定在前世做過什麼壞事……要不然就從風水來推測，或祖先的墳墓不宜等。但美國人的文化沒有這種亂神怪力說。派西繼續樂觀的走她的每一步，過她每一階段的生活。親戚朋友也不會用異樣眼光看待派西，雖然經過那麼多遭遇，派西還是派西。

永遠都要樂觀，這是派西教給我的。安妮塔也教我，只要活著的一天，就要樂觀一天。

黃昏之戀，很健康

中年離婚，就和老年喪偶一樣，可以再婚，也可以不婚，完全看自己的需要而定，但絕不是由他人的眼光或社會制約。每個人應該都有找尋自己伴侶的權利。

由於派西，我和安妮塔討論著中年離婚、老年喪偶等問題。我的一些台灣朋友在中年離婚了，但在社會禮教下，仍然單身，偶有約會，總是有罪惡感。他們擔心家人或朋友不會接受或諒解。喪偶的朋友，好像也把自己孤立起來。

安妮塔說她終其一生，就只有丈夫瑞一個男人。她的初戀是她高中舞會的舞伴，當然高中時約會就不少。婚後，瑞常生病，他有膀胱癌、糖尿病……尤其他臥床三十年，使安妮塔的工作量大增，特別是在照顧病人上。

三十年，對一個正值中年的女人，不論在性事上，或在照顧上，既是零，也是負擔。「男人就是這樣，即便他們沒有能力，他們還是想要。」安妮塔談到瑞對性的態度，「但我太累了。」對一個不行的人，還不斷的嘗試向配偶索求，卻又不能讓配偶從中得到愉悅，挫折感之深，也可想而知。

早餐或晚餐後，安妮塔喜歡坐在後院賞鳥賞花。那是安妮塔的咖啡時間，我們常坐在那兒喝咖啡聊天。我問安妮塔：「瑞走後，妳有和其他男士約會嗎？」

「沒有。不是沒機會，而是我沒有想要。」

「為什麼？」

「和任何男人共居一個屋簷下五十幾年，我覺得夠了。我現在得到完全的自由，而自由是非常可貴的。我一個人過得很舒適自在，和男人一起過日子太辛苦了，女人得照顧男人。像瑞，走的時候還是一個小孩，永遠的小孩。所以即使瑞已經走很多年了，我也沒有想過要給自己找一個老伴。」

然後，安妮塔強調，「老男人都是嬰兒，都要人家照顧。」

隔天早晨，我們在安妮塔的後院看來吃糖水的蜂鳥。蜂鳥的體型很小，翅膀拍動迅速，每分鐘約一千次之多。安妮塔的狗一直向老鄰居狂吠。安妮塔喝住邦尼，緩緩說：「這個老鄰居八十七歲了，也是一個人獨居。他把家裡整理得乾乾淨淨，自己下廚，每天早上在太陽還沒出來時，就到院子工作，撿拾院子的樹枝等。他割草時，連我的院子和他的交界處也割了，甚至幫我把一些我割不到的地方也割除。其實他可以不必這麼做，那是我的院子，該由我自己做。因此，我每隔一段時間就烘焙蛋糕送給他。我們還上同一個教會。我們的關係就僅此而已。」

「妳沒有邀他來家裡坐坐，吃飯聊天？」我說。

「沒有。從來沒有想過。」安妮塔甚至不知道這個老鄰居背後的故事。

「我想，他不是老人嬰兒吧！他那麼獨立。」

隨後我們把話題轉到安妮塔的朋友派西。派西一個人獨居，有狗陪伴，她快樂。有約會對象，派西更快樂。

「中年離婚，就和老年喪偶一樣，可以再婚，也可以不婚，完全看自己的需要而定，但絕不是由他人的眼光或社會制約。每個人應該都有找尋自己伴侶的權利。

「性需求是沒有年齡界線的。人從出生就開始對性有感覺，直到死亡。所以中年人、老年人都有性需求。而性生活是健康的，沒什麼不好。」安妮塔說。

「真的嗎？男人和女人到老年都仍然有性需求？」我興致盎然的問。

「當然。」安妮塔隨即對我眨眼睛，示意不必懷疑，她的年紀經歷過這麼多事，她有這麼多比她老，或比她年輕的老年朋友，還有她本身就是。

「我三十來歲時在醫院當護士，有一天，一個八十歲的男病人問我，『我可以和女士約會嗎？』我回答他，你當然行，而且和女人約會對你很好。那男人感激萬分，喜悅之情至今仍然讓我印象深刻。」安妮塔在述說這個發生在她身上五十年前的故事時，似乎印證了人性的深處。

「我的孫子米區才一歲多時，有一天，他的雙手捧著褲襠，我的一個朋友見狀，問他：『你是不是要尿尿？』」

「不！」

「那你為什麼捧著褲子？」

「這樣很舒服啊！」小米區說。

安妮塔用這樣的實際例子向我解釋，人從出生開始就對性有感覺，直到死亡。「性，是很美好的事情，也很有趣，所以，不論人類有多懶，都不會不做愛，除非他們的身體有毛病。

「人的年紀大了，只是生殖能力退化，性需求並沒有減少啊！」安妮塔說。

「事實上，還有九十歲的男人有生育能力的。

「有性生活，對人的健康幫助很大。男人的性生活豐富，對前列腺幫助極大。女人有性生活，促進荷爾蒙分泌，也一樣啊！」

「那妳鼓勵中年離婚或老年喪偶的人再婚囉？」我乘勝追擊的問。這種話題我絕對不可能和我的媽媽談，在我們的文化裡，這是多麼不得體的話題呀！我媽可能立刻翻臉，罵我三八或不要臉或者不正經哩！但我和安妮塔之間，不但沒有任何話題是禁忌，更不需要忐忑不安。

對我來說，能夠毫無顧忌的和長輩聊天，也是一種幸福。

「如果有不錯的對象就不應放棄。這樣可以再造生命的高潮，就算活不久了，也多些快樂啊！但也不一定需要結婚，性生活不一定需要結婚才有，就像十幾二十歲的年輕人有很豐富的性生活，他們也不一定需要結婚啊！但得注意性病，那很重要。」

「結婚和性生活之間有什麼差異？」我問。

「像派西，她的第二任婚姻和第三任婚姻的兩個丈夫婚前都有膀胱癌，還長她十來歲。在他們結婚前，我給她的忠告是，一夜情可以，但不必跳進婚姻。意思是她可以和他們維持性生活，但結婚就不同，她得照顧他們，把屎把尿的，太累人。不過，我僅僅給她忠告，那是她的事。」安妮塔由於自身照顧丈夫三十年，她知道那種辛苦，對一個女人來說，可以不必受這樣的折磨。因此，才給派西有關婚姻對象的忠告。

「在台灣，有些老年人有男女朋友，但他們的中年子女反對父母再婚。有些中年人有異性朋友，但也因子女反對而斷了再婚的機會。終其一生，他們孤零零的為子女奮鬥。妳怎麼看待這樣的問題？」

「任何年紀的子女都沒有權利反對父母再婚。那是不宜的。」她說。

「有些子女反對的理由是，父親再婚，財產就要落在另一個女人身上，或者認為女人和他們的老年父親結婚，是為錢而來。」我說。

「事實上也真的有許多這樣的情況發生。我認識一個女人，她的丈夫死時沒有留下任何遺產，她在丈夫死後沒多久，就立刻和另一個男人結婚。因為那個男人有錢，這樣這個女人的晚年就有經濟的保障。不過，也不能因為這樣的理由就反對。要記得，父母是成年人，成年人有為自己做決定的權利。」安妮塔強調。

我一個美國朋友仙蒂的媽媽七十幾歲，守寡多年後突然上網，到她的高中畢業校友網站瀏覽。邂逅長她兩歲的學長，兩人就像乾柴烈火，一發不可收拾。兩人非常的投合，男方順勢向女方求婚。不過，我朋友的媽媽拒絕結婚，她說：「我們這樣的情況很好，你有你的房子，我有我的家，我們來來去去的很好，何必結婚？」私下，我的朋友告訴我，她的媽媽比那男的有錢，若結婚兩人就得「共產」。不幸的是，那男人有控制欲，這就是我朋友的媽媽願意同居，但不願結婚的理由。當我說這個故事給安妮塔聽時，她笑得很燦爛，覺得這個女人真聰明。

不過我也認識不少美國老人再婚非常幸福的例子。如一個七十幾歲的朋友喪偶很久後一直獨居。再婚後兩年居然得肺癌，醫生診斷，他的生命只有五年。在婚姻中，他很快樂，五年後，肺癌居然消失了。還有一個女人喪偶五個月後，在基督教的雜誌寫了一篇文章，說喪偶深沈的痛，希望可以再成為一個男人的妻子。她把自己要的對象條件一一條列。三年後，她接到外州一個陌生人的長途電話，是一個博士牧師，四個月後兩人結婚了。二十年後，這個女人再次在Guidepost寫文章，說她再婚後的生活非常快樂。

安妮塔的表姊莎拉八十八歲了，她喪偶三十年，喪偶後曾轟轟烈烈的談了幾次戀愛，戀情維持的時間也不短。有一次，我和莎拉聊天，她憶及丈夫的好，說丈夫不但是好丈夫，還是最好的情人。我問她，為什麼她的丈夫是最好的情人？她說：體貼、慷慨、有責任感，然後她笑容很嫵媚的說：「他很會接吻。」莎拉在談及丈夫時，並不覺得有那麼好的情人後，還和其他男人約會戀愛有什麼衝突。「丈夫走了」的事實，莎拉很清楚。她沒有活在過去中。

當莎拉談到她喪偶後的幾次戀情，她的女兒馬上向我強調，她的媽媽只是和那些男人看看電影、散步、談心的柏拉圖式談情說愛，並沒有發生性關係。安妮塔聽了，立即反駁，妳怎麼知道妳媽沒有和他們上床？莎拉的女兒舉了許多例子，但莎拉只是一逕的笑，既不承認，也不否認。

可見，子女接受父母的戀情比父母接受子女的戀情還難，但都需要學習。

中年再婚，當然！

在華人的文化，女人再婚受到許多歧視，「貞節牌坊」就是明證。但對於男人再婚，反而要求已婚的女人要照顧前婚的小孩以及男人的父母。

話鋒一轉，安妮塔說：「但我絕對不會和一個不喜歡我的小孩，不接受我的小孩的男人結婚。」她這麼說，是因我談到我的一個美國女性朋友第二度婚姻時，是她的丈夫的第一次婚姻。她的丈夫不喜歡小孩，還曾對我朋友的孩子說：「這是我和你們媽媽的家，不是你們的家。」

安妮塔的反應非常強烈，說那樣的男人不是結婚的對象。後來，我的那位朋友結婚十年後再度離婚了。離婚後，第二任前夫沒有再婚，反而是我那將近五十歲的朋友踏上第三度婚姻。這次的婚姻讓她非常滿意和快樂。

我同安妮塔說，事實上，在華人的文化，女人再婚受到許多歧視，「貞節牌坊」就是明證。但對於男人再婚，反而要求已婚的女人要照顧前婚的小孩以及男人的父母。我說這種片面的文化很奇怪。安妮塔聽了，非常訝異我們的文化如此的壓抑女人。

「對男人和女人具有雙重標準的文化欠妥。我沒有辦法在妳的文化生存，或活得快樂。」安妮塔有感而發的說。

就像我談到家族史，大多數華人的家族史，只是夫家的家族史，沒有妻家的家族史。安妮塔不以為然，說她從三十歲開始做家族史，做她的媽媽這邊的家族史，也做爸爸這邊的家族史，同時也做丈夫兩邊的家族史。安妮塔認為，只有一方，不可能成就生命。

「妳的文化太父權，傾斜得太嚴重。」她說。

「妳的朋友們不需要壓抑自己。她們有權利選擇自己的生活方式，想要一個人過日子可以，想要找一個人結婚也行。她們不需要有罪惡感，這是人類極其自然的需求。既然是自然，就不是錯。當然不需要有罪惡感或內疚感。」

安妮塔的朋友很多，以中年和老年居多，少年朋友也不少。她的朋友的婚姻各有其特色，安妮塔對朋友婚姻的接受度很高，沒有因為自己的年代或自己的經驗，而施加在他人身上。

雖然安妮塔只有一次婚姻，但她對於其他人的多次戀愛和婚姻，還是覺得只要她們有需求，只要她們健康快樂，生命的目的就達到了。

中年再婚，是個人的權利，也是生命最崇高的意義，別人是不能置喙的。

螞蟻雄兵

台灣是一個不允許犯錯的社會，小自家庭、學校，大至社會。因此，我們總是小心翼翼，深恐犯錯。像我這樣整車是螞蟻，若是正在拜訪我父母時發生，我恐怕會被罵得很慘，還要被教訓一頓。

二〇〇七年八月八日，台灣父親節那天我又來安妮塔的家。翌日早上，當我要到我車上拿書時，赫然發現我車子內有許多螞蟻，我驚訝得立即行動，將我車上的餅乾拿出車外，同時將螞蟻附近的東西也一併取出車子。

怎麼會這樣呢？我的車子向來放有食物，卻從來沒有螞蟻，現在螞蟻居然佔據了我的車子，使我驚慌失措。

隨後，我發現更多螞蟻在我的車頂，沿著線縫前進，像螞蟻雄兵一樣，向我的車子進攻。

我一時陷入螞蟻雄兵的矩陣，單獨作戰，卻毫無戰力可言。我無技可施呀！說得更具體一點，我根本是腦袋一片空白。

我的車子就停在安妮塔院子，怎麼會引來一堆螞蟻呢？當我正在惶恐不安之際，安妮塔正好從屋內出來。她一看到這樣的現象，既不驚嚇，也不慌亂，而是很冷靜的立即作戰。

安妮塔拿出一大瓶殺螞蟻的化學劑，教我噴灑在螞蟻上。不過，在噴灑之前，安妮塔建議我，將車內所有的東西都取出，不留任何東西在車內。

我因常旅行的關係，車子內隨時有食物、水、睡袋、書、地圖、指南針，還有一些更換的衣服，包括游泳衣、浴巾、盥洗用具等。甚至因應氣候變化和學校的冷氣開放太強，還備有不同季節的衣服，如保暖外套和襯衫及薄外套等。我的車子就像是一個小型的家，因此，單取出這些東西就花去不少時間。

噴灑完後，安妮塔要我回到室內。「一下子，牠們全都會死光光。」

過一會兒，我回到車子檢視螞蟻的狀況，果然屍體遍布。不過，我還注意到螞蟻不是那麼的容易掌握，我噴灑的範圍得更廣，說穿了，我幾乎沿著車子的外緣全噴了殺蟻藥。

再過一段時間，我又回到車子檢視，發覺螞蟻真的太厲害了。我只有徹底的清理我的車子，才能將牠們全部趕出我的車子。

可是，我沒有清理過車內。雖然我開車已經很久，但幾乎都有人幫我洗車，我不知道該如何打掃車內。

此時，安妮塔就像是作戰的指揮官，她拿出吸塵器還有一些配備來。我一拿起吸塵器就開始清車，安妮塔瞥見了，立刻教我，吸塵器在吸不同的地方得用不同的嘴巴。如吸大面積的地方，就用如掃把的寬葉部分；若吸線緣，就用扁嘴型的；還有，圓形的是強力吸。

見我笨手笨腳的，安妮塔遂親自上陣示範給我看。經她吸塵過的地方，就是不一樣，連紙屑都不見了。

我問安妮塔，妳怎麼那麼會清車子？「啊！我開車有多久，洗車就有多久。我已經開了幾十年車子，洗車經驗也多啊！」

「我可不！在台灣，有專門幫人洗車的，若加些錢，就可清車內。」安妮塔問我，這樣洗車多少錢？

「大約三、四元美金吧！我記不太清楚了。總之，他們做得比我好，速度又快。」

「這麼便宜？不可思議。」安妮塔說。

到美國唸書後，寂琦也是學生，沒錢買禮物，每次在母親節時，她會想辦法給我不花錢的母親節禮物。寂琦知道，最實際的禮物是「幫媽媽洗車一年」。所以，我也沒有自己洗車過。當然這也與喬治亞的空氣清新，沒啥污染有關。

我居住的地方空氣好，到處是樹木，車子很不容易髒，一年洗車四次已經足夠。這四次洗車，大部分是集中在春季花開時，花粉落滿車，有時連窗內都無法看清車外。平時加油時，若有寂琦在車上，她會在我加油時（美國的加油站都是車主自己加油，沒有加油工服務），順便用加油站的洗車板幫我刮洗前後玻璃。這就是我一直沒有學洗車的原因。

在烈陽下，我足足花了兩小時，才將車內吸塵乾淨。安妮塔幫我檢查時，會將我沒有清除徹底的部分做全面的再清潔。

「非常抱歉，給妳帶來這麼多麻煩。我的車子從來沒有螞蟻，不知怎麼會有這麼多螞蟻。」我深感歉意的向安妮塔道歉。

「這不是妳的錯。米區（安妮塔的孫子）的車子原來停在這兒要賣，後來有螞蟻，他就把車子移到前面的草坪上。」

不過，安妮塔的車子也停在附近的車庫，相距不遠，卻從來沒有螞蟻。

「今年太乾旱，螞蟻沒有食物吃，所以，牠們的嗅覺更敏銳，因為要求生。而妳的車子內有食物，螞蟻很快就聞到了。螞蟻的通訊能力非常高強，立刻就通知了其他的螞蟻來。」安妮塔解釋為什麼會有螞蟻。

我是從威權社會成長的人，一發生事情，就很緊張，怕被罵，認為是自己的錯，不自覺的惶恐不安。台灣是一個不允許犯錯的社會，小自家庭、學校，大至社會。因此，我們總是小心翼翼，深恐犯錯。像我這樣整車是螞蟻，若是正在拜訪我父母時發生，我恐怕會被罵得很慘，還要被教訓一頓。被罵的理由很簡單，粗心大意。這種怕被罵的深沈恐懼一直深埋我心中。美國則是一個接受犯錯的社會。安妮塔從頭至尾沒有生氣，也沒有皺眉頭，只是解決問題，協助我消滅螞蟻。

八十歲的人，中午陪我在大太陽底下清車兩小時，她沒有絲毫不耐，也沒有抱怨一句話。既然安妮塔沒有任何的不快，我的心就解放了，我向她開玩笑，「嘿！妳永遠沒資格當佛教徒。」

「為什麼呢？」她疑惑的問。

「妳殺生啊！佛教徒說，連蚊子咬妳時，也不能殺死蚊子，何況妳今天謀殺這麼多螞蟻，妳和我都是殺蟻犯啊！」

「那我永遠不當佛教徒。如果有蟲類侵犯妳，妳得保命要緊。生活的水平就從這兒開始，健康也由這兒出發。」然後我們相視大笑的說：「我們兩個都不是佛教徒。」

再次當謀殺犯

把螞蟻帶進屋裡，實在罪不可赦。我再度向安妮塔道歉，安妮塔又說：「That's OK. It is not your fault.」（沒事，不是妳的錯。）都罪證充足，怎麼還不是我的錯呢！

以為螞蟻雄兵一次就足夠。沒想到，第二天，更嚴重的事情發生了。這次不是在戶外，是在我睡覺的房間內。

我到我的背包拿一本書時，赫然發現，我的背包內居然都是螞蟻。這下子，我驚詫得不得了，立即把整個背包從房間移到戶外的草坪。

當我打開背包時，立即明瞭為什麼會如此了。我的背包也有一包餅乾，那是我因應期末考時放的。

我的其中一科期末考在七月三十日舉行，從下午六點考到晚上九點。那天我在校園打工的時間從早上十點到五點十五分，考前沒有吃晚餐。我還提早到教室，因為教授說，有可能從五點半開始考試。那堂考試可以翻書、翻任何筆記。我從來沒有可以打開書考試的經驗，先前讀了一些美國大學的考試文章，說翻書考試的試題特別難，心情因此特別緊張。於是，就放餅乾在背包，以防飢餓。

期末考後，我又天天到學校圖書館唸書。我大學的圖書館不但可以帶飲料，還可以帶各種食物進去。所以，看到學生在圖書館一邊讀書一邊吃晚餐，是極為正常的。雖然我不喜歡吃餅乾，但為了生存，餅乾就跟著我，肚子餓了，隨時可上陣。

再回到房間，我的筆記型電腦包及我的旅行包也全是螞蟻。我又急忙將兩個包包拿到外面。我向安妮塔報備，就立即拿出殺螞蟻劑噴灑，還好範圍沒有太大。經過我的調查，螞蟻是沿著衣櫥來到我放背包的地方。不過，我很納悶，門窗緊閉，室內冷氣全天候開放，螞蟻究竟是如何穿越，從外面進到屋子來？

這下子我內心非常的不安，把螞蟻帶進屋裡，實在罪不可赦。我再度向安妮塔道歉，安妮塔又說：「That's OK. It is not your fault.」（沒事，不是妳的錯。）

都罪證充足，怎麼還不是我的錯呢！

當我將噴灑劑往背包噴時，安妮塔說：「如果是我，我不會把噴灑劑噴在書上。這樣對書不好。」安妮塔的這一舉動教我，就連情急，也需要冷靜作戰，一時的慌亂會引起後患。

我當然急，因為太陽下山前我要到達亞倫和貝蒂的家。我來之前，就已通知他們，我將在他們家停留三個晚上，就從今天起。亞倫和貝蒂的家，也是我隨時可以去的地方。他們告訴我，他們家的大門隨時為我開。亞倫和貝蒂的家離安妮塔的家雖不遠，但那是蜿蜒的山徑，旁邊還有一條河道，常有鹿或其他動物出沒。喬治亞的森林佔了六、七成以上，有許多動物出沒，上個月在I-75的洲際公路亞特蘭大附近，還有一個女人開車撞死一頭一百多公斤的黑熊，車子也毀了呢！

太陽九點下山，幸而我在八點半左右完成噴灑工作。我只從行李包取出幾件換洗衣物，幾本書，連筆記型電腦都無殼出發，就把那些包包擱在院子。

「請不要拿到室內，我要讓牠們完全消滅。」我對安妮塔說。

「行。若是下雨，我就把它們移到屋簷下。」安妮塔說。

我當然也將房間噴灑一番。我才到達亞倫和貝蒂家一會兒，居然下起雨來。

當我給安妮塔打電話時，說：「嘿！這兒下雨了，妳那兒有雨嗎？」她的回答教人捧腹，「我不相信謀殺犯的話。」已經乾旱太久，她不相信居然會下雨呢！

我連續兩次兩天的螞蟻肇禍，安妮塔始終沒有生氣，沒有不快的臉色出現，還幽默以對。這讓我的心情沒有負擔，也排除「肇禍」的不安和「被罵的恐懼」。

我相信，不只我，包括很多華人，一生都在看家人的臉色過日子。而且從小就得看父母的臉色行事，長大後還是要看父母是否高興，也要看其他人的臉色。因此，我們總是以如履薄冰的心情踩踏在人際關係上，同時形塑出一種壓抑性格來。這樣的壓抑性格使得我們的文化以陰面的陰鬱性格居多，並以群體文化為主，和西方文化的陽面陽光個性，以個人為主產生扞格。

怕犯錯，就更小心翼翼，當然就更不敢改變。不敢犯錯，連帶的就少創意，這在二十一世紀的時代，其實很不利。而且，怕父母，怕某些人的心態之下，也相對愛得不自然，不健康。

女兒不是賠錢貨

我的阿公看到我是女生，就說：「女的沒有用，女兒是賠錢貨，給人啦！」那時候，他們計畫將我給我的姑媽收養，我的姑媽和姑丈結婚多年一直沒有小孩。

本來說好是我請客，請亞倫、貝蒂和安妮塔上餐館用餐，慶祝亞倫和貝蒂的結婚三十八年紀念日。但在付帳時，亞倫卻把帳單搶走了，說：「我們是祝賀妳生日的。」亞倫在這部分很不美國，他更像華人，因為他搶付帳。

「可是，我的生日在我學校期末考期間發生的，已經過去快一個月了。而你們的結婚紀念日就在後天啊！」我說。

亞倫不理會，倒是安妮塔說：「妳有兩個生日，平時妳兩個生日都慶祝嗎？」

「哇！妳怎麼會有兩個生日？」亞倫驚訝得張口結舌。

「首先，我從來不慶祝我的生日。通常，我的生日那天都是一個人靜靜度過的，而且什麼事情都不做，只是想自己的將來該怎麼走，自己的過去是怎麼一回事，還有現在需要修正嗎？很多時候，我的生日都是在旅途中度過，大部分選在海邊和自己對話。」這是我對待自己的方式。

「有兩個生日，是因為我出生時，我的阿公看到我是女生，就說：『女的沒有用，女兒是賠錢貨，給人啦！』那時候，他們計畫將我給我的姑媽收養，我的姑媽和姑丈結婚多年一直沒有小孩。我的媽媽不敢反對她的爸爸的意見。不過，我爸爸當時正在台北工作，要等我爸爸回家同意後才能把我給人。我爸爸回家時，我已經一個多月大，我爸爸看到我，就說：『不給，自己養。』

「因此，他們這時候才到戶政事務所登記我的出生。可是，台灣的戶政規定，逾期申報出生得罰錢，我的父母很窮，付不起罰款，就以登記那天算數。我上面有一個哥哥，底下有兩個妹妹，最小的是弟弟。我是家中的第二個孩子。我家很窮，到我後面的這個妹妹後，父母打算就此不生了，但我的阿公要求，無論如何，必須再生一個兒子。所以小妹出生時，本來給人，因為媽媽連哭了三天，爸爸又去要了回來。」我說自己的出生故事時，他們都聽得目瞪口呆。

「哪有女人沒用？女兒是賠錢貨？說不通的。果真是這樣，那麼，人類的生命從何而來？單有男性，生命不可能延續下來，再說中國一胎化，墮掉很多女嬰，男女人數不均，將來很多中國男人會找不到女人結婚，中國的社會將會大亂。而且，人是生命，不是貨物，怎麼可能賠錢？」安妮塔一連串的直呼我們的文化太不合邏輯，這樣的文化居然可以傳承那麼久，不敢領教。

「台灣的教育水平很高，但在這個年代，還是有人懷孕後到醫院做羊膜穿刺。若是女嬰，就墮胎。這種作法和我父母的年代沒有太大差別，只是作法不同。還有人用各種傳統的食物篩選胎兒性別。」我大略的解說，台灣人夾在現代和傳統的縫中苟延殘喘，只因傳統觀念上男尊女卑，就連報紙上偶爾都有「如何生女生男」的指南。這樣的簡單說明，卻讓他們三人覺得不安。他們說每個生命都該是禮物，都該被歡迎的。

中午安妮塔做蔬菜沙拉時，用刀子切菜，不用砧板，速度很快。我告訴她，我的切菜功夫非常了得，是打工時學的，但不用砧板，我還不會切呢！安妮塔問我，我從幾歲開始在工廠打工？

「十一歲開始在食品工廠打工，貼補家用。我的切菜功夫是在那兒學的。在竹筍盛產季節，每天得切很多竹筍，要切片，每一片都得切得一樣薄，製作成罐頭出口。我每天早上六點出發，回到家已經是晚上十二點。我的年紀太小，還不符合工廠打工規定。因此，我媽媽就要我虛報年齡。每個寒暑假我都在食品工廠度過，直到國中畢業離家到台北半工半讀才停止。」我一口氣說到這兒，安妮塔聽得興致勃勃。

「事實上，我六歲起就開始趕鴨、養鴨，爸爸常常留我一人在鴨寮照顧鴨子。哥哥要上學。爸爸媽媽對哥哥冀望很深，但他們說我是女生，讀書沒用，反正將來要嫁人。我小學時常缺課，不是中途要跑回家煮飯，就是要在稻田撿拾稻穗，或用鋤頭在番薯田撿拾人家收割遺留下來的番薯。因為我家沒錢買米、買食物，所以這是我很重要的工作。課餘，我還要撿拾柴火，讓家裡生火煮飯。」

高中呢？安妮塔問。

「這得從小學說起。小學畢業時，父母不讓我升學，我無法接受，便抗爭，不擇手段的用伎倆。我先是要我的老師到家裡說服父母卻無效，後來不得已，我就偷了我家的戶口名簿和爸爸的印章請我的同學到國中幫我報名。那時候我天天在食品工廠打工，幸而我同學幫了大忙。報名後，媽媽還是不同意我上國中，我想，生米已經煮成熟飯，索性就騙不識字的父母，報名上學了，若沒去，因那是義務教育，父母要被關到監牢去。最後，他們不得不讓我上國中，但前提是我得自己賺學費。國中畢業時，我又面臨升學抗爭，但高中不是義務教育，不是報名就能上學，我又住在窮鄉僻壤的鄉下，根本沒有高中，這時我面臨的困境不同。

「那時我的哥哥已經在台北的工廠打工，我請哥哥幫我留意，有沒有高中可以讓我上學。不久，哥哥捎來訊息，說有家紡織工廠有免費的高中可以讀，只要每天在那個工廠工作八小時，一天還可以賺十八元台幣。我爸爸拗不過我的堅持，只得帶我到那個工廠報到。我就在那個工廠打工三年，好像賣身契一樣。我幾度因為三班制工作很辛苦，輪夜班顧機器時常打瞌睡，加上學校是商業課程又不是我的興趣，而且全年只休農曆年幾天，星期日常得上十六小時班。還有學校老師和宿舍舍監會檢查我們的信，若有男生寫信來，還要被公開和處罰，我覺得這樣的地方讓我的身心都很不舒服，就想逃跑。但工廠的高牆就像監獄一樣高，逃不了。」

安妮塔掐指一算，說我的工資便宜到幾乎是免費。

「從我有工作收入開始，收入都得悉數交給父母，自己只能留一點零用，直到我結婚為止。像我這樣成長過來的女孩，在台灣到處都是。」安妮塔聽了，不置可否，說她開始工作後，所有的收入都歸她的，父母不取分文。

「窮，是關鍵。另一個問題是文化上的制約。孝順父母就是聽父母的話，順從父母的旨意，給父母錢，取悅父母，也是孝順。」我開始對安妮塔解釋，貧窮國家的人的命運與富裕國家的窮人不同。

「前一段時間我讀了一篇文章，一個印度人對一個研究人口學的專家說，這位專家曾經告訴他，孩子多，會窮的。『你當時說我生那麼多孩子會很窮，要我節育，你看，我現在多麼的舒服，我不但不必工作，還天天在家裡享福，我的孩子從小就外出工作，並把工作所得全交給我，我現在收入很多，我很富有。你說錯了。』那個印度人因為缺乏知識，孩子沒受教育，雖然賺血汗錢，但孩子的將來還是窮，而且一代一代的惡性循環。窮，是會循環的。

「但這個印度人不懂這些，他看的是眼前的所有，而非看孩子的將來。貧窮，讓人的思維短視，因為經驗有限。

「妳在富裕的美國出生，法律保障人權、教育，就算是在貧窮的家庭出生，還是有免費的教育到高中畢業。妳很難想像，這在很多國家都是奢侈的。」

「我從來沒有介意我的父母貧窮，或不識字，但我很痛恨他們對待兒子和女兒的態度完全不同，尤其是鄙視女兒。我結婚時，媽媽給我三萬元台幣，但弟弟結婚時我的父母給了一百萬元台幣。爸爸還在我弟弟的婚禮結束後電匯八十萬元台幣給我的哥哥，說當年哥哥結婚時，家裡沒有那麼多錢給他。雖然我不是愛錢的人，但我打工比哥哥弟弟還早，想到那樣的差別，我對父母的愛就很不自在。」

安妮塔說，她認為父母對兒子和女兒一視同仁，才能維繫手足之間的感情，像她到如今，和哥哥弟弟們的關係都還很親密。「我真的很難體會，怎麼會有父母對待兒子和女兒不一樣。」

不論如何，安妮塔還是堅持，人不是貨物，既然人不是貨物，生女兒就不是賠錢，而女兒當然也不是賠錢貨。

覆水難收

台灣的婚禮，不是新郎新娘的婚禮。基本上，那是父母的婚禮，一切都由父母決定。所以，新人很難改革婚禮，充其量只是婚禮中的傀儡。

「嗨，貝蒂，妳如果出生在台灣，那麼，妳和亞倫結婚時，就不是在維吉尼亞州妳的家鄉舉行，而是在喬治亞州完成婚禮。不只這樣，妳還得提前搭飛機飛來喬治亞州的旅館過夜，好讓亞倫和他的結婚車隊來迎接妳到他的父母家，在那兒拜堂，然後宴客。」我笑著對貝蒂說，貝蒂驚奇不已。

「為什麼？」她說。

「因為妳是女人啊！婚禮以男方為主。妳的公婆當年從喬治亞州開了十二小時的車到維吉尼亞州參加妳和亞倫的婚禮，這在台灣是大大的不孝，會讓人見笑，還會受到輿論的攻擊。」我說。

「真是好家在，我沒有在台灣出生。」貝蒂撫著胸口直笑。

「美國的傳統，婚禮是由女方決定，費用也大多由女方父母出。男方付的很少。我不覺得婚禮在哪兒舉行，與孝順父母或祖宗有關。」安妮塔說。

「妳當年結婚情況如何？」貝蒂問。

「依照台灣習俗舉行。但我堅持不收任何朋友同學的紅包，也拒絕傳統的聘金方式。我告訴我父母，我不是貨物，我是結婚，不是被賣，所以不准收聘金。如果他們要收聘金，我就要跑去公證結婚。剛好男方也沒錢，所以這件事還不是太棘手。」

然後，我話鋒一轉，「結婚禮車開出前，我還得向祖宗拜別，表示我永遠離開這個家，不屬於這個家族了。最後呢，禮車還得被潑水，叫覆水難收，表示我已經嫁出去，是潑出去的水，永遠回不來了。好壞由我，有苦難也不必回到父母家求救。」他們都忍不住掩嘴，表示難以置信。

「不是沒受教育的人才這樣做，連大學畢業的父母都不可避免。幾年前，我們總統的女兒結婚，他們夫妻都是大學畢業，第一夫人居然對著媒體說：『嫁出去的女兒，潑出去的水。』那是我見過最糟糕的第一夫人公開發表的言詞，也是對社會做最壞的教育示範。她自己當年結婚時因為沒有門當戶對，她的父親不接受她的婚姻，也不認同她的婚姻，三年拒見他們夫妻，她想念媽媽時，只能從後門去看望她的母親。她本身深受其害，居然沒有從這樣的傳統文化跳出來，尤其第一夫人動見觀瞻，可以促進社會改善不良的傳統風俗。可惜，她喪失了影響文化和提升文化的難能可貴的機會，真是可惡到極點。很可悲的是，媒體記者好歹也是大學畢業，但記者鎖定的焦點是在婚禮的進行，禮桌有多少，哪個社會名流參加……沒有針對第一夫人對女性的污衊做討論，只是記錄下第一夫人說的話。那樣傳達出來的訊息，被沈默的社會大眾接受了，也在那一瞬間更深入大眾的腦袋，歧視女性的觀念更加根深柢固了。」我才說完，三人都驚訝萬分第一夫人的思維如此古板。

「話再說回來，台灣的婚禮，不是新郎新娘的婚禮。基本上，那是父母的婚禮，一切都由父母決定。所以，新人很難改革婚禮，充其量只是婚禮中的傀儡。

長輩要新人怎麼做，新人照單全收就對。像你們這樣，婚禮由你們自己策劃，再邀請父母參加，新娘新郎是主角，父母是客，才真的是婚禮。」聽到我這樣說，大家才如釋重負。

當我的父母潑水在我的禮車時，是覆水難收，這裡沒有祝福，沒有期許。這樣的婚禮習俗，怎能產生快樂的婚姻？

母雞派對

母雞派對是美式講法，意思是一群女人的派對，只要有三個以上的女人聚在一起做些令她們快樂的事，就稱為母雞派對。

有一次我到安妮塔家，她正有訪客住在她的家。安妮塔的朋友眾多，不只有本州的朋友來過夜，也常有朋友從外州開幾天幾夜的車來探訪她。

「抱歉囉！她先到先住房間，妳就睡客廳的沙發床囉！」安妮塔對我說。

安妮塔的家有兩個房間，加上客廳的沙發。較多客人來時，沙發可以拉出來，就變成雙人床。兩個房間也變成三個房間了。

這種雙人床在美國的家庭很方便，我拜訪過的美國人家庭，很多人都有沙發床，以備不時之需。我在其他國家旅行時，也有家庭接待我過夜睡這樣的床，因此，我對沙發床不陌生。

「我常旅行，只要有地方睡覺，就算是睡在地板上，我都可以很享受哩！我是隨遇而安的人！」

我與安妮塔的客人只有陌生不到十分鐘。話匣子聊開，三個女人就變成十足的「母雞派對」（Hen Party）了。

母雞派對是美式講法，意思是一群女人的派對，只要有三個以上的女人聚在一起做些令她們快樂的事，就稱為母雞派對。

辛西理是安妮塔遠房的親戚，是她媽媽妹妹的媳婦。通常，在美國，姻親的關係不密切，尤其是像這樣一表三千里的親戚。

安妮塔的家族每年都有一次的大團圓（Reunion），分別為她媽媽這邊的，還有爸爸那邊的。在其中的一次家族聚會時，辛西理認識了安妮塔。雖然辛西理的婆婆，也就是安妮塔的阿姨，早已經不在人間了，辛西理還是參加家族聚會。

大團圓或團聚（Reunion）是美國的文化之一。如高中同學會終其一生都固定舉行。有年年相聚，五年一聚，十年一聚，二十年一聚，更有三十年一聚的。家族也是如法炮製。

辛西理是子宮頸癌症末期的患者。但她還是從住家亞特蘭大，開了兩個小時的車來探訪安妮塔。根據安妮塔的說法，辛西理每隔幾星期就會開車來看她，有時當天來回，有時住個三、兩夜。

女人的派對說什麼？男人必定是主題之一，女人則是主題之首，孩子也在其間。不只這樣，我們的談話範圍其實很大。

從黃昏我抵達安妮塔的家，我們三個女人吃過晚餐開始聊。約莫十一點左右我就不支倒地，聊著聊著就睡著了。辛西理和安妮塔兩人則聊到凌晨三點才各自回房睡覺。

套句俗話，如果用某些人將人歸類，則辛西理、安妮塔和我，三個女人是屬於大女人之型。這也可見得我們的話題有時辣得要教一些保守人士退避三舍。

辛西理沒有自己的孩子，但她並沒有為此遺憾。相反地，她從孤兒院領養了一個女孩，而且視如己出。可惜的是，這個女孩從青春期開始就不斷闖禍。她不只偷搶都來，連毒品也上手。對於辛西理的關心，則視為多管閒事。這個女孩只要辛西理的錢，其他的一切都不要。

辛西理費心的送這個孩子去勒戒所戒毒，但沒有成功。後來女孩公然離家出走，還對辛西理出言不遜。當我們相遇時，辛西理正在擔心這個女孩和一個男孩同居，「我憂慮她遇人不淑。」她說。

「也許，男孩的媽媽也和妳一樣，擔心她的兒子遇人不淑呢！」經我這麼打岔，氣氛立即轉變，我們全笑成一團。

「也許，妳的掛慮是多餘的。我們台灣人常掛在嘴邊一句話，『一枝草，一點露。』我想，如果妳從小那麼用心教養她，在叛逆期後，她經過各式各樣的歷練，將會走出自己的路。」我說。

雖說如此，但當媽媽的擔心是可以體會的。

在辛西理檢驗出癌症末期後，女孩知道了媽媽的病況，但始終沒有現身。

在這次的母雞派對後，我非常佩服辛西理的強韌。一個癌症末期的患者，不但沒有放棄自己，還不定期的開兩個小時的車探訪親戚，給自己找些友誼的支撐，也給自己開一條可以呼吸的縫。

第二天下午，辛西理開車回亞特蘭大。我們彼此留下電話，說了要互相聯絡，我還允諾要去探視。

這次，我沒來得及履行我的承諾，辛西理在我們相見後一年多就走了。我在美國上學的課程排得很緊，要抽出時間到異地探訪朋友不是很容易。沒有再見到她很是惋惜，我真想再有一次三人母雞派對。

辛西理的年紀只比我大一點點，在癌症纏身下不幸與世長辭了。我猜，辛西理得到癌症最大的原因，可能是來自於養女變壞的壓力。

當我接到安妮塔的電子信告知時，很不敢置信，那個笑聲繞梁的女人就這樣像空氣般蒸發了。不過，在我記憶深處，我永遠記得辛西理的樂觀與不放棄，尤其是在對自己生命自由上的追尋，即便在癌症末期時，還是每隔幾星期就要獨自開車拜訪朋友。

另外，我也想到，辛西理在那段與癌症搏鬥時期，因為她常來與安妮塔見面，安妮塔的樂觀一定影響到她，安妮塔的智慧一定讓她解除對死亡的恐懼。還有，安妮塔無私的愛，更讓她接受不完美的自己。

CH4
用對的方式愛

感恩，在誰家都一樣

到誰家過節都一樣，都是快樂的時光。聚餐聊天後又各自開車回家，雖然路途遠一點，但一年一度的感恩節就是如此重要。

感恩節是美國除聖誕節外最大的節日，很像華人的農曆年，雖不是共居一個屋簷下一星期，但對個人主義濃厚的美國人來說，家族要團圓吃飯、聊天，一起做些什麼事就很期待。

我有個朋友的家庭，感恩節要聚會吃感恩大餐，翌日因大減價，所以女人半夜就到購物中心排隊等著大血拚，以趁機挑揀那些平常喜愛卻買不下手的東西，尤其是感恩節那天家族要抽籤送聖誕節禮物，這時候就是他們節約預算採購的大好時機。男人也沒有閒著，不是一起打高爾夫球就是打獵。感恩節時正是獵鹿還有狩獵其他動物的最佳季節，因為在春夏秋之後，動物都已經肥厚有肉。

像這麼重要的節慶，大多以夫家為主。像我這個朋友的家，不論是誰，全部都要到齊，從三代同堂進到四代同堂。唯獨其中的一個兒子，每隔一年就要與妻家過感恩節，這個行動很教他的父母不高興。話說回來，這個家族的兩個女兒的家庭，一個是全程與娘家一起，一個是先到娘家晃晃吃感恩餐，再趕場到夫家吃感恩大餐。

這個朋友的家庭感恩聚會，多數是在父母的家舉行，偶爾在各個手足的家進行，有時候在子女家輪流舉辦。

安妮塔家的感恩節又與人不同。因為安妮塔是很愛做菜的人，她每年都要自己烹調感恩大餐。她說設計感恩大餐，讓她覺得很有過節的感覺。

因為貝蒂來自維吉尼亞州，路途遙遠，加上父母已經不在，手足也各有其家庭。因此，貝蒂自從踏入婚姻後，就沒有和她娘家的人一起過節。裘蒂是喬治亞州的人，但她的家人後來搬到阿拉巴馬州。

「今年我們要去裘蒂的兄弟家過感恩節。」安妮塔在電子信上說。

「我正在擬菜單，我要做一些菜帶過去。」

美國人沒有給錢的習慣，即便是成年孩子對老年父母也不例外。美國人的家族聚會是，每個家庭帶一道菜或甜點去，而多數的食物則由負責的家庭料理。例如安妮塔是一個人的家庭，她至少要帶一道菜去。安妮塔的兩個兒子的家庭，也要各自帶菜去。有時候，大家會互相約好，分配好菜色，以免重複。

「沒說錯吧？兩兄弟的家庭和安妮塔全部要開車到阿拉巴馬州二媳婦的兄弟家過感恩節？」我驚呼的問。

「沒錯，我覺得這是很好的邀請。裘蒂的兄弟邀請我們的家族聚餐，這是很溫馨快樂的事。」安妮塔說。

連續兩年的感恩節，安妮塔的家族感恩節都在阿拉巴馬州度過。還有一年是在亞倫與貝蒂對門鄰居的娘家，也是在阿拉巴馬州共度。根據安妮塔的說法，到誰家過節都一樣，都是快樂的時光。聚餐聊天後又各自開車回家，雖然路途遠一點，但一年一度的感恩節就是如此重要。

八十歲的安妮塔心中沒有嘀咕，為什麼感恩節不是在父母家舉行，而是跑到媳婦的娘家，或是去兒子家鄰居的娘家完成。她是一個開放的老人，從不執著非如此不可。

我家的農曆年是不可能改變的。我媽媽根深柢固的傳統觀念，非得在她的家過年不可。很多台灣人不也如此嗎？每逢過年過節高速公路就南來北往，交通的折磨給大家帶來巨大的痛苦，很多人為過年過節上路而抱怨連連，卻還是選擇不改變。

其實，只要觀念調整一下，改變一下，事情就改觀了。與其抱怨，何不改變？也許，抱怨成為一種樂趣，所以人們才寧可抱怨也不肯改變。也許，是人們害怕改變。因為改變所帶來的是未知，而人們對於未知向來害怕。安妮塔的彈性，給自己帶來歡樂，也給其他人欣喜。

共居不如獨居

我已經獨居多年了。獨居的自由非常可貴。我知道我的孩子和媳婦都樂意接納我，我很感激他們。但我還是要獨居，直到我長眠。

有一次我在亞倫和貝蒂家度假。我和貝蒂談起，八十歲的安妮塔如果持續現狀的健康就沒問題，否則，她將何去何從？

我這樣提問是因為美國是個人主義的社會，老人獨立，很少有老人與他們的孩子的家庭共居，只有非常少數的老人在老年時願意和孩子的家庭居住。與孩子的家庭居住的老人以黑人和西語系的人為多。黑人的傳統文化和華人接近，喜歡三代同堂，但這個狀況也隨著媒體的影響，黑人逐漸向白人文化靠攏。西語系的人信仰天主教，天主教最注重的是家庭，而且西語系的人又生很多孩子，也需要老人協助照顧孫子。在宗教和現實需要下，西語系的人有三代共居的傾向。黑人的老人也常得照顧孫子，尤其是未婚生子者以黑人居多，這大概也是黑人共居的文化之一。

不過，我認識的一個二十八歲的黑人單親媽媽，她有一個五個月大的兒子，而她做的全職工作是晚上十二點下班，卻沒有與父母同住。雖然她的孩子在她工作時由她的父母照顧，但她每天下班還是要接兒子回自己租來的房子。

「妳這樣不是很麻煩嗎？而且半夜十二點後吵醒兒子回家，打擾孩子的睡眠品質。」我問她。

「I am too old to live with my parents.」（我已經這麼大，怎能與父母同住？）

話說回來，貝蒂說：「隨時都歡迎安妮塔來與亞倫和我一起居住。我們都很喜歡她，也很愛她。她是很好相處的老人，與我們一起居住沒問題。而且，我們有一個房間給她，這她知道的。」

亞倫則是知母莫若子。他用笑容回答我，他的媽媽是很獨立的人，她愛好自由和個人隱私，「她永遠不會放棄獨居的。」這是亞倫的結論。

後來我和安妮塔聊天，我問她，如果她更老了，她的計畫是什麼？

「妳是問我是否與我的孩子的家庭一起住？」她回問我。

「我已經獨居多年了。獨居的自由非常可貴。我知道我的孩子和媳婦都樂意接納我，我很感激他們。但我還是要獨居，直到我長眠。」安妮塔說。

安妮塔九十歲的表姊莎拉，在八十八歲時被人家尾隨警告，說她太老開車太危險。她的唯一存活的六十歲女兒蘇珊，因而辭去在亞特蘭大的專業工作，搬到羅馬與媽媽同住。

自從丈夫過世後，莎拉已經獨居三十年了，如今女兒要搬來與她共居。依照女兒的看法，媽媽的房子太老又太大，很費心思整修，就要媽媽把她的房子賣了，母女將兩人各自賣房子的錢集合，在一個漂亮的湖畔買了度假屋般的房子。

蘇珊的想法很簡單，她覺得湖畔的風光和舒適可以讓媽媽的晚年更舒服。莎拉則不然，她痛苦不堪。她必須抽離自己的原居地和鄰居，這對老年人而言，等於是寂寞。

「雖然我還是上我原來的教會，可是，離教會的距離遠了，很多事情我都無法參與。」莎拉說。

不只如此，蘇珊認為媽媽已經太老了，為了安全起見，就不准媽媽下廚。這對莎拉而言，更是痛上加痛，她覺得她不只喪失自由，連帶的尊嚴也一掃而光。

「我已經煮菜幾十年了，我用微波爐、烤箱和爐子都很順手，怎麼剝奪我做菜的權利？」有一次莎拉這樣對我說。

自從母女共住後，原來快樂的母女變成無話可說了。

對蘇珊來說，她在亞特蘭大獨居三十年，也在她的工作崗位上做了三十年，那是她的最愛，而且收入又很高。如今，她辭去工作，只能在媽媽的小鎮找到臨時工作，也就是診所缺人時打電話來，她的收入降低又不穩定。

「我陪媽媽上她的教會，都是老人教友。雖然那個教會是我童年的教會，但那些老人真無趣，還把我當成當年的小女孩對待，教我受不了。教會的氣氛也很沈悶。」蘇珊有一次對我這樣說。

「我雖然在羅馬出生長大，但我的朋友和同學都搬走了。我在這兒沒有朋友。我的朋友都在亞特蘭大，要不是為了媽媽，我才不願意搬來這裡。」聽蘇珊的說話，抱怨多過其他。但這也很能理解。

為了照顧老年母親，蘇珊的確犧牲很多。為了不能再開車，莎拉的犧牲不亞於女兒。

而當這對母女有衝突時，安妮塔是她們的訴苦對象。蘇珊每個晚上從學校放學時，一邊開車一邊打電話給安妮塔訴說自己的苦悶、媽媽的難以理解。

莎拉則是每個早上起床後，就要打電話給安妮塔。她的說法向來是，「I am checking on you.」事實上，不是她要確認安妮塔是否安好，而是她太寂寞了，需要有人和她說話，有一個懂她的人聽她說話。

有一次，我和安妮塔帶莎拉去看醫生。因為那天蘇珊需要工作，所以由安妮塔負責開車，我則幫她拿助行器。

一路上，莎拉像是七、八歲的小女孩，她一路和安妮塔兩人如同同學般，唱著兒歌還有輕快的歌曲，就差沒有站起來跳舞。她那個勁兒，絕對不像是九十歲的老人。

從醫院送莎拉回家的路上，她一直說，浪費我們整個下午時間，又用安妮塔的汽油，「我可以付費嗎？」說著，莎拉從她的皮夾取出一張二十元美金鈔票出來。

「不！我們接送妳，是因妳需要就醫，總得有人做，對不對？我們又不是做生意的，怎麼可以收錢？」安妮塔回答，我就在旁邊附和。

「那麼，我請妳們上餐館晚餐，好不好？」莎拉再問。

我們當然拒絕了。對安妮塔來說，助人是因那個人需要，並不是為了獲得任何回饋。

其實，莎拉搬家時，安妮塔也沒閒著，她天天幫她搬家。從搬東西到運送，連續做了一星期以上，還閃到她的腰。

貝蒂和我談這件事時，說：「安妮塔是永遠十八歲的人。她的腰因幫她們搬家而扭傷，她還是忍痛做。」

在莎拉和蘇珊同住後，安妮塔沈重的對我說：「同住，不一定就是幸福。獨居，才是我最大的幸福。」

由安妮塔的結論，我知道，她的門還是每天開著，我還是可以在她家門口停車，隨時可以進來住幾天。

如何過中晚年單身生活？

失婚或守寡，都是一個人度日。感情獨立和經濟獨立是最重要的。培養多重興趣，交往不一樣的朋友，讓自己進可攻，退可守。

中年離婚或喪偶的女性愈來愈多，而安妮塔已經喪偶多年，針對失婚或喪偶的女性如何過中晚年單身生活，我們有許多討論。一個人過日子和兩個人一起過生活，當然不同。一個人有完全的獨立生活，兩個人就需要協商。

在我的爸爸離開後，我的媽媽似乎很難一個人過日子。這與我的媽媽個性不獨立有關。她幾乎所有的事情，從人際關係到日常生活大小事都依賴我的爸爸。在我爸爸過世不到三年間，她蒼老了至少十歲以上。

相對於安妮塔，當她的丈夫過世時，她跪下來向上帝感謝。「感謝主，謝謝你終於帶走他了。我終於可以完全自由了。」安妮塔的個性獨立，什麼事情都自己來。反倒是她的丈夫仰賴她照顧了三十年。三十年的照顧讓她覺得不勝負荷。

愈來愈多的中年女人離婚了，她們離婚的原因很多，不是丈夫有外遇，就是孩子長大了，不願意再忍耐缺乏品質的婚姻生活，或者只是想改變。不論原因為何，女人在利他主義下過了半輩子，當她們重新回到單身時，或有諸多的不適應。例如我的一個朋友是事業上的女強人，離婚後，除夕夜她煮了一大家子的食物，後來才發覺只有自己一人。在面對整桌食物時，她失聲痛哭。

「失婚或守寡，都是一個人度日。感情獨立和經濟獨立是最重要的。培養多重興趣，交往不一樣的朋友，讓自己進可攻，退可守。像我的同事，雖然七十歲了，她失婚一次，守寡兩次，沒有一次擊垮她，主要原因是感情和經濟獨立、興趣多元、真朋友多。而且她從來沒放棄戀愛。戀愛讓她的生命活絡，不論她的年紀多大，她都在享受生命。而我不同，我受夠了男人，照顧我公公二十年，又照顧我的丈夫三十年。我八十年生命中，有五十年在照顧男人。我覺得已經夠了。要不要男人，依自己的需求而定，不必受限於傳統的束縛，這樣比較好。」安妮塔說。

陪客人睡覺的大使

邦尼的狗性比很多人還貼心。如客人來，不論是男客人或女客人，也不論年紀是大是小，牠完全沒有種族和性別的歧視，一概陪睡。

邦尼是安妮塔丈夫瑞的狗。邦尼是很人性的狗。在瑞生病時，晚上邦尼一直陪著瑞睡在另一個房間的床上。他們人狗形影不離。對邦尼來說，瑞是牠的主人，不是安妮塔。所以，在瑞過世前，邦尼沒有親近安妮塔。

「瑞走時，醫院來抬走瑞的遺體，但邦尼不肯放手。牠百般刁難搬運工，就是不肯讓瑞離去。」安妮塔說。

「瑞走後，邦尼還是天天等著瑞回來。有時往門口瞧，有時跑到浴室找，有時到後院聞聞。這樣足足有兩年之久。

「後來我告訴牠，瑞已經上天堂了，他不再回來了。邦尼似乎懂了，從那時起，牠開始跟著我。我到哪兒牠就跟到哪兒。邦尼從那時起就轉到我房間和我一起睡覺。」說到這兒，安妮塔無限溫馨的為邦尼按摩。

「不過，在邦尼的記憶深處，瑞還是隨時會回來。因此，只要我有訪客來過夜，邦尼一定要回到那個房間陪客人睡覺。」

沒錯，每次我來拜訪安妮塔，邦尼一定先躲在床底下，待我熄燈，牠才偷偷摸摸的上床。邦尼的上床功夫很了得，牠會鑽到被窩裡睡覺。

有一次，我睡覺時被一陣鼾聲吵醒，覺得奇怪，便伸手往旁邊一摸，邦尼正睡在我的棉被裡。又有一次，我沒有睡在床上，而是躺在沙發上看書睡著了。那夜，給邦尼帶來無窮的困擾，牠不知該如何陪我睡覺。

更妙的是，另一次我想睡木頭地板，就在沙發附近睡覺。邦尼轉來轉去，就是找不到床底可以躲，也不知如何鑽入我的棉被。

邦尼已經陪安妮塔多年了。如今，人狗互相依賴。安妮塔若要外出，有時不方便帶邦尼出門，就必須給個交代，例如「我要上城裡的超市，妳知道，妳不能去那兒的。」

有時候，安妮塔到亞倫與貝蒂家，他們家有貓，而貓狗天生不是非常處得來，安妮塔不願意給兒子和媳婦帶來困擾。因此，每次她都謊稱是要去城裡。每次安妮塔這麼做時，我就打趣道：「嘿！妳又說謊了。」

安妮塔從外面回家時，邦尼通常會站在安妮塔的床上向外看，以確定她的車子回來。

有一次，安妮塔外出許久才回來。那天，邦尼非常非常的生氣。牠以為安妮塔遺棄牠，就把氣出在沙發和家具上。結果，沙發被咬得稀爛，家具也傷痕累累。

安妮塔告訴我，養狗養貓雖然有許多工作要做，但狗和貓都是老人最要好的朋友，尤其是獨居的老人。

「老人起床時，有誰問早？老人要向誰道早安？貓狗多好，牠們永遠陪伴在身旁，尤其是狗，更是寸步不離。牠們細細的傾聽老人說話，也不頂嘴。老人心情不好時，狗知道。老人生病時，狗也知道，會格外體貼。」安妮塔說有一次她生病了，邦尼的舉動和平常不同，而且特別溫順。

「獨居不是壞事，反而是好事。獨立和自由是老人最大的尊嚴。只要有狗相伴，老人可以過得很快樂，而不需要家人陪伴。」這是安妮塔的結論。

「邦尼的狗性比很多人還貼心。如客人來，不論是男客人或女客人，也不論年紀是大是小，牠完全沒有種族和性別的歧視，一概陪睡。只是，半夜時，牠會溜回我的床上睡覺。牠在當好一個大使時，也不忽略我。」安妮塔無限深情的說。

就因為邦尼如此貼心，安妮塔做了一個決定，有一天，她要走時，一定要帶邦尼一起走。「留下牠，我不忍心。誰照顧牠？誰陪伴牠？」

我曾有一隻狗，名叫開心果。牠陪我寫稿和散步十年，後來在我到美國唸書時，被泰國生產的美國狗食毒死。我愛牠，一如我愛我的孩子。我的孩子還曾經嫉妒，我愛狗甚於他們。我瞭解安妮塔愛邦尼的心情。

有一天，當我們漸漸老時，我們都需要一隻狗，或一隻貓作伴。

沒有孩子的老年

雖然美國老人不愛上養老院終老，但我碰到的中年人，一旦他們的父母老年生病時，他們的不二想法就是把父母送到養老院。

「我從來不擔心事情，只是，當我離去後，沒有孩子的亞倫和貝蒂老了怎麼辦？」有一次安妮塔有感而發的對我說。

「妳的老年不是獨居嗎？妳不是說獨居是最大的幸福？妳不是也沒有依賴妳的孩子。既然如此，為什麼妳要擔心兒子和媳婦老來無靠？」我反駁安妮塔的憂慮。

「可是，我的孩子們都住在離我家十幾公里的地方，雖然我獨居，但我們往來得很勤。萬一我生病了，他們會過來看看我，幫我忙。我的孫子米區還定期幫我的院子割草。可是，亞倫和貝蒂沒有孩子。」

根據安妮塔的說法是，貝蒂和亞倫很早就做好準備要當父母，但因貝蒂的卵巢有問題，無法生育。

安妮塔從來沒有因為媳婦不能生育有微詞，她也沒有給亞倫或貝蒂任何的壓力。她只是煩惱他們兩人老了、走不動，也無法自己做事時，怎麼辦？

雖然美國的養老院很多，每個城鎮都有，但不是每個老人都愛去養老院。而根據安妮塔的研究，住在養老院的老人壽命短於住在家裡的老人。我也問過其他美國老人，至今我還沒有碰到一個美國老人喜歡上養老院養老。

有一對七十幾歲的夫妻告訴我，他們希望夫妻可以相伴到離世。「可以住在自己的家裡，自己烹飪，自己洗滌，天天閱讀，星期日上教會做禮拜，然後和老朋友一起上餐館午餐。」他們對我說。

雖然美國老人不愛上養老院終老，但我碰到的中年人，一旦他們的父母老年生病時，他們的不二想法就是把父母送到養老院。

大衛強森的媽媽多年前車禍過世，他的爸爸獨居一些時候。後來他的爸爸漸漸不能自己料理生活，又有老年疾病，大衛強森和他的手足們就把父親送到養老院。

大衛強森和他的妻子蓮，兩人都是高收入者，蓮還是醫院醫生們的顧問。大衛強森的手足分居在其他城或州。他們不定期到養老院探訪他們的父親。

這個老人過世時，是殯儀館打電話來通知大衛強森和他的手足。他和他的手足及親戚朋友們同時出現在殯儀館的葬禮儀式上，其他事情都由殯儀館代理妥當。

根據大衛強森的說法，「別傷心，我們很為我們的父親走完人生而高興。基本上，我們認識的父親早已經走了。到養老院時的父親，我們其實很陌生。我們還很為我們的媽媽比爸爸早走而寬心，否則我們的媽媽若在世，豈不被我們父親的多病老年折騰至死？」

別說別人，就說貝蒂的媽媽吧！貝蒂的父親在她童年時就拋妻棄子，她的媽媽含辛茹苦一手單獨帶大四個孩子。後來，貝蒂的媽媽也是住在維吉尼亞州的養老院。

貝蒂曾數度回維吉尼亞州要接媽媽來與她和亞倫同住，但她的媽媽認為自己坐輪椅，這將給貝蒂帶來無窮的困擾。與其如此，不如住在養老院。但這不代表她的媽媽喜歡住在養老院，她只是不願給子女帶來麻煩。

貝蒂的媽媽過世時已經九十幾高齡。貝蒂和她的手足們也如同其他親友，同時參加媽媽的葬禮。他們並不需要花更多時間籌辦葬禮，也毋須處理媽媽的雜物。

我問過貝蒂，她和她的手足需要支付葬禮費用嗎？答案是一毛都不必。「我媽媽生前自己就打理妥當她身後的一切，也付清所有的費用，包括殯儀館費用在內。」

當我提及我所認識的一些中年朋友的父母是在養老院走完最後的人生階段，我問安妮塔，她還有什麼好掛慮的？

「對啊！每個人總有自己的人生要走。只是，亞倫與貝蒂沒有孩子來噓寒問暖。有時候老人也是會孤寂的。」安妮塔說。

「亞倫和貝蒂有貓和貓，而且他們夫妻住在野牛農場，還有野牛群為伴，肯定不寂寞。何況那兒空氣清新，環境幽美，加上他們夫妻是勤勞的人，他們天天在農場做事，不像一些沙發馬鈴薯（只整天窩在沙發上看電視，動也不動的人）是五體不勤的人，所以他們應該不會有什麼老年疾病的。」我也是很樂觀的人，不覺得安妮塔的擔心會成真。

「希望如此。」安妮塔說。

「我的孫子米區跟著亞倫工作很長一段時間，他和亞倫和貝蒂相處得很好。但願屆時若他們夫妻需要人家幫忙，米區會就近前去關照。」

開放一如安妮塔，都已經八十幾歲了，還在為沒有子女的六十歲兒媳掛心，萬一他們老來無靠時怎麼辦。這使我想到，我的媽媽或許也如此。也許，我媽媽拙於言詞，不擅長表達，加上負面思想濃厚和傳統文化的束縛，讓我的媽媽和她的女兒們衝突無限。

果真如此，我很為我的媽媽難過，也開始同情我的媽媽。也許，我們該學習更多溝通的能力，來縮短人與人之間的距離吧！像安妮塔這樣說，因她也如此思考，這讓她的孩子們知道媽媽的愛，這樣的感覺多麼舒服啊！

限時專送愛

貝蒂說到安妮塔在她不良於行時，給予他們夫妻的不只是限時專送食物，還限時專送關懷與愛，想到這樣可愛的婆婆，貝蒂就熱淚盈眶。

就在我和安妮塔談到亞倫與貝蒂晚年的可能狀況，二〇〇八年五月的某一天，貝蒂在晚間到院子的信箱取信時摔跤，兩個腳踝都扭傷了。這個腳踝扭傷得還真嚴重，貝蒂不只要上醫院，還得動手術。手術後，貝蒂只能躺在床上。我打電話給她時，若白天沒人接電話，我就知道是亞倫忘記把電話拿到床上給貝蒂。

「貝蒂需要一張輪椅，否則終日躺在床上，愛勞動的貝蒂一定會覺得喪失了自由。這樣對病情復元不利。」有一次我同安妮塔在電話中談起貝蒂的腳踝狀況，那段時間我每個週末都打電話給她們。

貝蒂一聽我這麼說，她也認同她需要輪椅。過不久，鄰居借給貝蒂一張輪椅。

貝蒂從坐在輪椅上，慢慢的進步到用助行器走路。漸漸地，貝蒂進展到用枴杖走路。

不料，就在貝蒂離開醫院後，緊接著，亞倫檢驗出前攝護腺癌，也需入院開刀。在那幾個月間，安妮塔每天從自己家裡做好午晚餐，然後開車送熱騰騰的食物到亞倫與貝蒂的家。

安妮塔有怨言嗎？沒有。她說她樂於為他們服務。

「妳這個不老人為中年大孩子服務，這樣的世界翻轉，還真有趣。」我打趣的說。

「我住院手術時，亞倫和貝蒂也幫我忙。」安妮塔笑聲很大，接著就說。

隨後不久，安妮塔的二媳婦裘蒂驗出乳癌，也是需要動手術。不同的是，這次她的手術要到亞特蘭大的醫院進行。

「還好，我孫女的公寓就在醫院的斜對面，這樣裘蒂不必奔波，又有女兒就近照顧。」

那段時期，安妮塔給我的每一封電子信都是談裘蒂乳癌的進展。她也談及裘蒂得癌症的心理變化，從怎麼會是我開始，到憤怒，到接受的幾個癌症過程。

「我每天都為裘蒂的病況禱告。」安妮塔的信上說著。

貝蒂說到安妮塔在她不良於行時，給予他們夫妻的不只是限時專送食物，還限時專送關懷與愛，想到這樣可愛的婆婆，貝蒂就熱淚盈眶。

「我確定，安妮塔是這世界上最可愛的老人，是最棒的媽媽和婆婆。她的無私和樂觀及豐沛的愛，還有她的智慧，讓環繞她的人都很幸福。」貝蒂這樣說。

不只是兒媳和子孫得到安妮塔的關懷與愛，毫無血緣關係的人也常獲益無限。例如有個四十多歲的女人，因從小被家人軟禁在家，失去了生活與社交的能力。在她的家人相繼辭世後，安妮塔便定期接送她上超市購物，持續了十幾年之久，我卻從沒聽安妮塔抱怨過。她對人的無私和愛，是很難用常情衡量的。

送琴

人生就是空。因為是空，所以該放手。不論是對人、對物或對事。因為空，我們才能容納更多。

亞倫從小學琴。五十幾年前，安妮塔花了兩百元美金買了一架鋼琴給亞倫。這架鋼琴陪著亞倫成長，度過苦澀的青少年，還成家到中年。每次我來訪，亞倫一定彈琴給我聽。

亞倫彈琴彈得很好，我一直很享受他為我彈琴。

「鋼琴怎麼不見了？」二〇〇八年我拜訪亞倫時沒見著鋼琴，不禁失落起來。

「亞倫把琴送給一個想學習彈琴的女孩。那女孩一直想學琴，但家裡買不起鋼琴。亞倫知道了，就把鋼琴送給她。」安妮塔對我說這件事時，既沒有可惜，也沒有抱怨。

「亞倫在送琴之前，曾經徵得我的同意。」安妮塔說。

「他這麼愛彈琴，怎麼願意把陪自己五十多年的琴送走？」我問。

「亞倫的心很寬。他喜愛的，願意割捨。這比把自己不要的送人更讓我欣喜。從小我就這麼教養他的。」

「連自己喜愛的都可割捨給別人，這樣的情操我喜歡。」

安妮塔透過亞倫送琴這件事教導我，人生就是空。因為是空，所以該放手。不論是對人、對物或對事。因為空，我們才能容納更多。

「也許，哪天這個世界上多了一個鋼琴家，而那鋼琴家就是這位女孩。這樣想時，就讓人更興奮了。至少，這個女孩讓學琴的夢想成真。這也很美妙，對吧？」

禱告不儀式

安妮塔的輕鬆自在和我媽媽的一板一眼截然不同。同樣是宗教情懷，但如果我沒有跟著媽媽上廟宇拈香，媽媽就要生氣好一陣子。

安妮塔一如美國南方「聖經地帶」的人，她是非常虔誠的基督教徒。不過，安妮塔和那些虔誠教徒的差別是，她絕不勉強別人上教堂，也不注重儀式。常常，我們一起吃飯時，我正在等她做禱告，她總是說，我在做飯時已經禱告過了。她這樣的說法，很教我這個非教徒打自內心的輕鬆。

有兩年，我連續帶台灣孩子到亞倫與貝蒂的農場度假。其中有一年我帶三個孩子到安妮塔家幾天。

第一次的晚餐，安妮塔要所有的孩子手牽手，說耶穌的好，說食物的好，說生命的好……她的那些禱告詞有點像兒歌之類，使得小朋友很容易朗朗上口。

第二次餐桌上，小朋友以為這個阿嬤又要做禱告了。不料，安妮塔輕鬆的說：「我在準備食物時已經禱告過了。」

小朋友們對於阿嬤的作法，覺得很不尋常。

「她不是普通的阿嬤！」我聽到小朋友們悄聲的討論著。

她對待小朋友的耐心，是用教育出發的。

「可以給小朋友說《聖經》故事，但不能讓他們覺得宗教不舒服，或宗教帶給他們束縛。」安妮塔為我解釋。

那幾天，安妮塔教小朋友做家務事，也帶小朋友上她的院子採水果，觀賞植物。

那是小朋友們第二次見到安妮塔。第一次時，九個小朋友中有七個和安妮塔相見，大家都說，一見就愛上安妮塔阿嬤。「她好有趣，她很博學，她什麼都懂，她很會玩，還懂小朋友的心理。」

結果，那批年齡較長的男孩，我安排他們到喬治亞北部山上參加童子軍一星期的夏令營。本來那些大孩子開開心心的去，也高高興興的回來。但聽說我帶另三個孩子到安妮塔阿嬤家度假，他們很不服氣，說我也得帶他們到安妮塔阿嬤家度假才公平。

孩子們的理由很淺顯，因為安妮塔阿嬤是很好玩的人，她可以和小朋友玩得很火，也和小朋友們沒距離。小朋友們還說，安妮塔阿嬤怎麼都不會罵小孩？「我的台灣阿嬤常常罵我呢！」當一個小朋友這樣說時，其他小朋友也附和。很重要的是，安妮塔阿嬤是「不儀式」的人。這是那些小朋友的結論。

每次我和安妮塔一起吃飯時，她總是揮揮手說：「我做菜時已經禱告過了。開始吃吧！」

安妮塔的輕鬆自在和我媽媽的一板一眼截然不同。同樣是宗教情懷，但如果我沒有跟著媽媽上廟宇拈香，媽媽就要生氣好一陣子。

生命，就在一個想法，一個輕鬆自在。我突然頓悟，也許我的媽媽生活得很苦吧！苦於跳不出她的井底。但更嚴重的是，她可能不知道自己就在井底。

原諒別人，也原諒自己

我的肯定句媽媽教我，要學習寬恕。但平時我們寬恕別人容易，原諒自己最親密關係的人卻像拔河一樣，只想要自己贏，而非雙贏。

二〇〇八年十二月十日下午六點，我剛結束在美國大學的微積分2的期末考，就奔向超級市場。在維他命的專櫃，我挑選了一年份的各種適合我媽媽養生的維他命。

翌日一大早，我又要搭飛機回台灣了。我在美國大學的課程忙碌萬分，直到期末考結束，我才得空上市場買這些東西。這次回台灣，我學聰明了一點，和媽媽和解，我不再給媽媽買衣服，改買維他命。

二〇〇六年八月我回台灣時，給媽媽買了很多衣服。她後來對我說：「妳買給我的尺寸有的太大，我不能穿。」

我大剌剌的說：「我怎麼知道妳穿的是什麼尺寸的衣服？那些尺寸太大的衣服，要嘛送人，要嘛請人修改，這不就得了。」

媽媽聽完還是碎碎唸。那時，我沒有反省自己，因為關心媽媽不足，所以我不知道媽媽穿的衣服尺寸。我就像希臘悲劇底比斯王的性格一樣，奮不顧身的解答人面獅身的謎題，又貿然和王后結婚。買衣服是我最大的弱點，說穿了，我壓根兒連自己的衣服都不會買，還從美國給媽媽買衣服。雖然關心，卻凸顯了我的自不量力。我自以為很聰明，既然不知道媽媽的尺寸，所以大中小各種尺寸的衣服全買，就像賭博一樣，至少一定會壓對一些寶。我疏忽了媽媽是一個節儉的人，我的大剌剌又踩到她的地雷了。她捨不得我花那麼多錢買衣服給她，買的卻不是她的尺寸。

這回，因為我修了一學期塑身的課程，從營養學上的學習，我的想法有了一些轉變。維他命是給媽媽的禮物。逛著維他命的專櫃，我一瓶瓶的閱讀。從維他命A、B、C、D……幾乎囊括了所有我能掌握的養生常識。

在底特律機場轉機後，整班經大阪回台灣的飛機上，放眼望去，幾乎是美國大學的學生專機。有日本、台灣以及其他亞洲國家的學生。我的前後左右，很多人還拿著美國課堂上的功課在做，我也不例外。我的隨身行李全是書，沈甸甸的。

我的眼睛瞥見我的鄰座正在閱讀一本《何時媽媽不是女兒的朋友》的英文書，在不知對方的國籍下，我用英文說，這本書看起來很有趣，很吸引我。對方果斷的對我說：「我看到妳拿的是台灣的護照，我們就用中文說話吧！」原來她也是回台灣的留學生。

話匣子一開，對方告訴我，那是一本心理學的書。「我和我媽媽的關係像仇人，我已經九年不和她見面了。」雖然我不知道對方的年紀，但可以判斷，她比我年輕一些，應該已經是進入中年的人。

「以前我姊姊很痛苦，她一直在思索她和我媽媽的關係，也在想辦法找出一條解決的方法。當時我年輕不懂事，我對我姊姊說，不去想她不就沒事？我自欺欺人太久，直到年歲漸長，那樣的潛意識不斷的干擾我個人的生活，我甚至得了憂鬱症。我才意識到我需要面對她、解決她，這樣我才能放下她。因此，我在美國唸書的這幾年，也看了一些心理諮商師，從一個換一個，現在已經換到第三個了，還是沒啥效果。我現在正困在深山中，我需要有人把我拉出來。」

聽她這麼一說，我伸出手和她握住，並說：「我們是同病相憐的人。我沒有憂鬱症，但那樣的潛意識一直困住我。我已經走在這條路上好多年了。現在，我已經走出來了。我看到曙光——和解的曙光。」

「真的，妳如何走出來的？教教我吧！」她急切切的說。

「每次想起我媽媽對我的態度，我就一把火，非常的憤怒。想到她對待孩子之間的不公平，我覺得很受傷。然後，我遇見了我美國的肯定句媽媽——安妮塔。她一方面肯定我，一方面幫助我瞭解我的媽媽。有了瞭解，我還花很長的一段時間掙扎，直到最近才開始接受我的媽媽是她自己。從這兒，我原諒媽媽，也原諒我自己。因為我媽媽的生長環境和文化影響，加上她的能力有限，她把自己封閉在狹小的環境裡。她對外界認知有限，她自以為她生下她的孩子，就都懂她的孩子。我媽媽不下數百次的對我說：『妳是從我肚子出來的，妳會想什麼，我怎會不知道。』她沒想到每個孩子的差異很大，尤其是我，我的個性是屬於叛逆型的人，就是很反骨。我媽媽掌握不住我，所以沒有安全感，自然要罵我、干預我。畢竟，她以為天下無不是的父母，當然就不需要民主了。加上我的媽媽是非常單純的鄉下人，每次我說什麼，她都扭曲我的意思，我們就起衝突。我想之所以如此，大概是她的世界太小，認知有限，並非她的惡意曲解。」我說。

她壓低嗓門的說：「我的媽媽是很……」然後在紙上寫著「不道德」三個字，接著，她說：「她有……」又在紙上寫著另外兩個字，「外遇」。最後，她說完完整的句子，「所以，她拋棄我們四個孩子和我的爸爸而遠走高飛。」

「妳一定很受傷，對吧？」我說。

「當然，我非常的憤怒。」她說。

「也許，她的背景影響她。每個人做事或行為都直接或間接的受到背後的文化和社會所制約與影響。如果妳願意，可以去瞭解她。如果妳不願意原諒她也沒關係，因為真正的原諒是很困難的，需要時間，也需要多種養分配合。不過，如果沒有原諒妳的媽媽，妳很難原諒自己，雖然妳是受害者，但妳並沒有錯。我以前就死抱著，千錯萬錯都是我媽媽的錯，我幹嘛原諒她，我只要勇敢的對抗就得了。我以為自己是勇士，結果卻傷痕累累。後來我發覺，我使錯力，因為我的媽媽痛苦，我也痛苦，尤其是我的潛意識不斷的騷擾我。我的肯定句媽媽教我，要學習寬恕。但平時我們寬恕別人容易，原諒自己最親密關係的人卻像拔河一樣，只想要自己贏，而非雙贏。」

我這樣說不是沒道理，這學期在英文寫作課上，我修了底比斯王和希臘悲劇奧賽羅。為了寫報告，我得很仔細的分析他們兩人的個性對比。無意中赫然發覺自己擁有底比斯王的個性，勇猛卻不自量力，悍然冒險不思反顧、理智自信、愛追根究底、任性，倨傲不馴、過分自信和火爆脾氣。

經過這樣拆解底比斯王的個性，進而拆解自己的個性，又分析了媽媽的個性，加上對傳統文化和社會的反思，我終於豁然開朗，為什麼媽媽和我之間會如此火爆，如此不能相處。反之，安妮塔媽媽之所以肯定我、欣賞我，是她的個性和頻率和我接近，加上她的文化和社會開放所致。換句話說，安妮塔的文化和社會跟我的個性比較麻吉。

二〇〇八年十二月，妹妹在我到達台灣的第一天晚上來我家，她說了一句經典：「因為妳是風火輪啊！所以妳和媽媽之間有那麼大的衝突。」

「什麼是風火輪？」我不解的問。

「就是妳都跑在人家的前面，而且跑得太快，人家都追不上。」妹妹解釋。

我還是不解。

「就像是騎腳踏車旅行，妳那麼早帶著妳的孩子和我的孩子騎腳踏車環島旅行，那時候在台灣騎腳踏車旅行還沒成氣候，所以沿途不斷有人問妳，妳是否太窮買不起車子，所以才騎腳踏車旅行。如今，台灣正在流行騎腳踏車，大家都好瘋狂啊！可是妳已經跑去美國讀書了。妳比別人跑得早太多了呀！

「妳的點子一大堆，而且層出不窮，加上妳又身體力行，這些對媽媽來說都太陌生。妳太大膽，媽媽太膽小。妳見了陌生人就劈里啪啦說個不停，還把陌生人帶回家過夜；相反的，媽媽看到陌生人就緊張，她不敢和陌生人說話。妳的所作所為都讓媽媽看得害怕，讓她為妳心驚膽跳啊！妳和媽媽的個性完全相左，一個開放，一個保守，兩個極端碰在一起，作法自然背道而馳，難怪保守封閉的媽媽要那樣罵開放的妳。而我之所以不像媽媽那樣恐慌，是因我知道妳就是這樣的人。我知道妳是一個變化無窮的人，我也瞭解，沒有人能抓得住妳。既然如此，何必抓住妳？我只要欣賞我有一個這樣的大姊就行了。妳就像孫悟空一樣，變幻莫測，而媽媽一輩子住在小小的鄉村，她的不變不足以應妳的萬變啊！」

這也難怪我的媽媽無法接受我。我是一個讓她抓不住，沒安全感的人呀！但傳統女人的世界也教我抓狂哩！

安妮塔的來信

在回台之前，我打了電話給安妮塔，詢問她，關於我和我媽媽和解的部分，我是否需要做更多的反思工作。然後，我收到了她的電子信。

2008．12．11

親愛的隨：

我坐在這兒給妳寫一封長信。我忘記我第一次寫這封信的內容，但我願意再度嘗試。我知道妳和妳的媽媽之間沒有很好的關係，但是，妳必須確信，那並不完全是妳的錯。妳媽媽是傳統的台灣女性，但妳不是。妳不需因為要做自己或完成妳的夢想而處罰自己。妳媽媽認為妳應該和一個好男人結婚，待在家裡，養育孩子。但這不是妳要的。妳有兩個孩子，還把他們養育成很好的孩子，妳該為此引以為豪。

妳媽媽沒有在別的文化社會居住過，她不瞭解美國文化，或許也不想去瞭解。沒有人能夠摧毀別人的夢想。妳要展翅而飛理當受到讚許——不論到哪裡和做什麼事情。如果妳一直和妳媽媽在一起，妳永遠不可能實現妳的夢想，或完成那些妳已完成的事情。

我的爸爸於一九五九年過世，我開始照顧我的媽媽直到一九八三年她辭世為止。雖然我非常的愛我媽媽，但我們永遠不可能住在一起，因為我們對於生命所抱持的理念不同。我們沒有因此而對立，因為我們深愛對方。我盡我的責任：照顧我的父母、我的丈夫（當他生病時），以及我的公公。因為我的丈夫是獨子，所以我覺得那是我的義務，因此公公和我同住了二十年。

妳只要記住，要告訴妳的媽媽妳愛她。但妳並不需要喜歡她所做的事情和做事方法。

我希望我已經回答了妳的問題。

我愛妳，安妮塔。

2008.12.15

親愛的隨，妳凌晨兩點四十分到底在幹什麼？是妳無法入睡或有怪物在追著妳跑？（備註：因為我是早起的鳥，早起改稿子。）

上帝給我們的誡命之一是要榮耀我們的父母。我深信我們在榮耀父母時，仍能持有我們的信念和夢想。我相信我們在成長時，仍然願意服從父母並且繼續學習。但是我深信在我們的生命發展到一個地步時，我們必須誠實的對待自己的信念，並且去做我們覺得對自己是對的事情。

沒錯，美國文化是比亞洲文化快了一些。我們生活的步調比一般的迅速，有時候我們匆忙的做一些不應該做的事情。其他的文化，例如斯堪地那維亞和一些歐洲文化也都是這樣。我們就是必須選擇對我們最好的事並盡力而為。

妳具有很大的遠見，單是因為這樣，妳就不該受到責罰。關於騎腳踏車，妳領先他人而為也是對的，因為現在大家正在熱中的騎腳踏車。（指我很多年前就帶著我的孩子們騎腳踏車環島旅行，當時還被視為窮人的運動，現在很多人已知道騎腳踏車是很健康，很好的運動。）妳需要有耐心的對待那些人生步調比較緩慢的人。

今天早上我去看按摩治療師，因為半夜裡開始下起濛濛細雨，我的背部又痛了。雨勢雖然不大，但需要使用雨傘或穿有頭罩的大衣。我喜歡穿有頭罩的大衣，因為我總是忘了帶雨傘。不過我已經準備好迎接陽光的來臨了。

【後記】豁然開朗

從二〇〇四年認識安妮塔開始，我個人在美國的生活起了相當大的變化。一個是學習上的進展，我從害怕數學，到轉到數學系，同時在各科的學習上，都有滿意的創新。我對於自己所追求的，不論是我個人的夢想，或是實際生活上的磨練，都比以前更落實、更自信。

另一方面是在生命上的認知，這部分包括我對自己和父母關係的反省。我發覺，自從我十五、六歲離開父母北上後，並沒有實際上和父母真正的認識。我們的生命幾乎沒有交集，也沒有什麼共識。換句話說，我們生活在兩個世界。所以，父母不瞭解我，我也不瞭解我的父母。

尤其是我的媽媽，在她的認知裡，我還是十五歲時的我。我的媽媽甚至不知道我很擅長做菜，她片面的以為，我既然是趴趴走的人，就什麼廚藝都不會。對媽媽來說，女人的能力，就只有烹飪、打掃、照顧孩子、伺候丈夫和公婆而已。她不知道人的潛能無限，只要給予機會，人就會有無限的發展可能。

媽媽也不知道每一天的我都在變，這是生活在簡單的農村，一輩子過著一成不變的單調生活的她無法理解的。我的善變讓不變的媽媽沒有安全感。畢竟，這對她來說，是完全陌生的世界。

對比我的媽媽和安妮塔的生存社會，我發覺如果我的媽媽是在美國出生，受教育和生活，那麼，也許我的媽媽就不是那麼難以溝通。如果我的媽媽在安妮塔父母的家長大，也許我媽媽的個性會更開放些。畢竟，一個人的個性、行為及思考，都受到社會和文化的影響。而家庭教育則塑造了一個人的人格。

我媽媽的媽媽在她十二歲時就過世，這件事對身為長女的她有致命性的衝擊。在我的媽媽內心深處，可能覺得孤獨和缺乏安全感，這讓她覺得自己可憐，凡事也易於朝向悲觀的方向思考。相較於我的媽媽，安妮塔得到她的父母完全的愛，尤其是她的媽媽是獨立又快樂的女性，作為她的人生典範，這讓她的人格形塑出開朗、樂觀及富於安全感。

就資源方面，台灣農村的資源貧乏，相較於美國社會資源的豐富，也給我的媽媽帶來了限制，讓她比較不敢跨步，或做改變。當然，這也與她的保守個性攸關。不過，個性的保守或開放，則與社會和文化息息相關。若是把我的媽媽放到資源較多的美國社會，我相信她會有所改變的。

另外，一個人生命的寬廣或狹隘，也影響一個人的人生觀。我的媽媽一輩子都在同一個村莊度過，她的視野和經驗，全部集中在一個小小的農村，這讓她的生命想寬也難。相對於我的媽媽，安妮塔走過的路比媽媽遙遠，也有更寬廣的選擇。她從護士退休，她所見識的人多，接觸範圍寬廣，還天天閱讀進修，理解力自然和我的媽媽不一樣。

在對照我的媽媽和我生命上的差異，我對媽媽有更多的同情。我的機會比媽媽多，因為我的個性開放、勇敢和愛冒險，我出生的年代也和媽媽不同。兩個世代的女人，有背道而馳的人生，是因社會的大轉變關係。如果我沒有碰到台灣的經濟奇蹟，那麼，我不可能走了五十幾個國家；相反的，我可能留在農村，一輩子過著和媽媽差不多的生活。

就拿我的一雙子女世昕和寂琦來說，他們的出生又完全和我不同。他們出生在台灣最美好的年代，成長於大量旅行的時代，所以他們的視野和生命寬度又比我更勝一籌。雖然我的孩子由我一手帶大，他們還跟著我旅行了數十個國度，但常常他們說的話，我還是無法理解。

雖然我很努力的想要瞭解我的媽媽，也很用心的勾勒出媽媽的生命地圖，但畢竟我們是不同世代、不同世界和不同生命的兩個人。藉著安妮塔的指引，我更能理解我媽媽的世界——一個單純到我完全無法想像的世界。

在我的內心深處，我似乎找到了一個平衡點。這個平衡點是讓我的媽媽過她的獨木橋，我走我的陽關道。這看起來與我沒有反省之前的作法沒多大差別，但經過安妮塔的肯定與接受，實際上已經在我的內心深處發酵。我的內心平靜，我也接受我的媽媽。同時我能坦然的面對，自己是最不受疼愛的孩子。如果不是這樣，我的路也無法遍及世界。

媽媽給我生命、養育及照顧，這是她僅有的能力；安妮塔媽媽則接受我，肯定我，鼓勵我和欣賞我。兩人的層次不同，但缺一不可。當媽媽嫌我懶惰時，安妮塔的電子信卻不斷的提醒著：「妳太拚了，要放慢腳步，要聞一聞玫瑰花。」她再造了我的生命。

看著女兒的車回喬治亞大學，我們一週感恩節的相處，似乎在我和媽媽的和解中延續。女兒在為自己的生命奔馳，我也跨越了自己生命中的障礙。美國人感恩印地安人當初給予食物，教新移民耕種保命。我感恩我的媽媽賜我生命，安妮塔媽媽再造我的生命，也感恩我的女兒讓我的生命延續。

國家圖書館預行編目資料

我的肯定句媽媽 / 丘引著 ； -- 初版. --
臺北市 ： 寶瓶 文化, 2009.02
面 ； 公分. -- (Catcher ; 25)
ISBN 978-986-6745-59-1 (平裝)

855 98001826

Catcher025

我的肯定句媽媽

作者／丘引

發行人／張寶琴
社長兼總編輯／朱亞君
主編／張純玲
編輯／施怡年
外文主編／簡伊玲
美術主編／林慧雯
校對／施怡年・陳佩伶・余素維・丘引
企劃副理／蘇靜玲
業務經理／盧金城
財務主任／歐素琪 業務助理／林裕翔
出版者／寶瓶文化事業有限公司
地址／台北市110信義區基隆路一段180號8樓
電話／(02)27463955 傳真／(02)27495072
郵政劃撥／19446403 寶瓶文化事業有限公司
印刷廠／世和印製企業有限公司
總經銷／大和書報圖書股份有限公司 電話／(02)89902588
地址／台北縣五股工業區五工五路2號 傳真／(02)22997900
E-mail／aquarius@udngroup.com

法律顧問／理律法律事務所陳長文律師、蔣大中律師
如有破損或裝訂錯誤，請寄回本公司更換
著作完成日期／二〇〇八年
初版一刷日期／二〇〇九年二月
初版二刷日期／二〇〇九年二月二十七日
ISBN／978-986-6745-59-1
定價／二六〇元

AQUARIUS 寶瓶文化事業

愛書人卡

感謝您熱心的為我們填寫，
對您的意見，我們會認真的加以參考，
希望寶瓶文化推出的每一本書，都能得到您的肯定與永遠的支持。

系列：Catcher025　**書名：我的肯定句媽媽**

1. 姓名：＿＿＿＿＿＿＿＿　性別：□男　□女
2. 生日：＿＿年＿＿月＿＿日
3. 教育程度：□大學以上　□大學　□專科　□高中、高職　□高中職以下
4. 職業：＿＿＿＿＿＿＿
5. 聯絡地址：＿＿＿＿＿＿＿＿＿＿＿＿＿＿＿＿＿＿＿＿
   聯絡電話：＿＿＿＿＿＿＿＿　手機：＿＿＿＿＿＿＿＿
6. E-mail信箱：＿＿＿＿＿＿＿＿＿＿＿＿＿＿＿
   □同意　□不同意　免費獲得寶瓶文化叢書訊息
7. 購買日期：＿＿ 年 ＿＿ 月 ＿＿日
8. 您得知本書的管道：□報紙／雜誌　□電視／電台　□親友介紹　□逛書店　□網路
   □傳單／海報　□廣告　□其他
9. 您在哪裡買到本書：□書店，店名＿＿＿＿＿　□劃撥　□現場活動　□贈書
   □網路購書，網站名稱：＿＿＿＿＿＿　□其他＿＿＿＿＿
10. 對本書的建議：(請填代號　1. 滿意　2. 尚可　3. 再改進，請提供意見)
   內容：＿＿＿＿＿＿＿＿＿＿＿＿
   封面：＿＿＿＿＿＿＿＿＿＿＿＿
   編排：＿＿＿＿＿＿＿＿＿＿＿＿
   其他：＿＿＿＿＿＿＿＿＿＿＿＿
   綜合意見：＿＿＿＿＿＿＿＿＿＿＿＿＿＿＿＿＿＿＿＿＿＿＿＿
11. 希望我們未來出版哪一類的書籍：＿＿＿＿＿＿＿＿＿＿＿＿

讓文字與書寫的聲音大鳴大放

寶瓶文化事業有限公司

（請沿此虛線剪下）

廣告回函
北區郵政管理局登記
證北台字15345號
免貼郵票

寶瓶文化事業有限公司　收

110台北市信義區基隆路一段180號8樓

8F,180 KEELUNG RD.,SEC.1,

TAIPEI.(110)TAIWAN R.O.C.

（請沿虛線對折後寄回，謝謝）